소박한 한 끼가 행복이 되는 푸드 에세이

당신의
일상은
무슨 맛인가요

소박한 한 끼가 행복이 되는 푸드 에세이

당신의
일상은
무슨 맛인가요

오연서 지음

온더페이지
on the page

평범한 일상을 만드는 한 끼

 글을 쓰는 것만큼 요리하는 것을 좋아한다. 나만의 특별한 요리법이 있는 것은 아니다. 사실 손맛도 뛰어나지는 않다. 그래도 요리하는 순간이 즐겁다.

매일 가족과 나를 위한 식사를 준비하면서 느꼈던 이 행복한 순간들을 글로 풀어보고 싶다는 마음이 생겼다.

코로나로 인해 집에서 삼시 세끼를 준비하면서 일상이 글이 될 수 있다는 생각으로 글을 쓰기 시작했다. 어떤 날은 하루에 네 끼, 다섯 끼도 먹는다. 이런 일상을 글로 풀어내는 과정은 쉽지 않았다. 그래도 세상에 어느 것 하나 쉬운 일은 없고, 쉽게 써지는 글도 없다는 생각으로 좋은 글을 쓰기 위해 부단히 노력했다.

내가 쓴 글은 나를 돌아보게 했다. 이 글에는 내가 있다. 당신도 있다. 요리에 관한 책이지만, 일반적인 요리책은 아니다.

하나의 음식에는 행복, 환희, 슬픔, 분노 등 다양한 감정이 녹아있다. 소중한 음식에 담긴 기억들과 요리법, 정겨운 삽화를 당신과 함께 나누고 싶다.

이 글을 쓰면서 '내가 좋아하는 음식이 이거였나?'라며 자문할 때가 종종 있었다. 나는 그동안 내가 좋아하는 음식도 모르고 살았다. 무엇을 위해서 그렇게 바쁘게 살아왔는지 모르겠다. 대학을 졸업하고 취업해서 직장생활을 했고, 일찍 결혼해서 아이를 낳았다. 내 인생에 정해진 것은 없다고 여기면서도 세상이 짜둔 틀에 맞춰서 살았다.

주위의 시선을 신경 쓰며 앞만 보고 살아가느라 나를 탐구하고 사랑하는 시간이 부족했다. 나보다는 항상 아이와 남편이 먼저인 삶을 살았다.

2021년 봄, 코칭 수업을 듣다가 어느 분의 이야기를 듣게 되었다. 들을수록 마치 내 이야기 같았다. 그분이 살아오신 이야기를 들으며 '그동안 얼마나 힘드셨을까?'라는 생각이 절로 들었다.

그분은 사업을 운영하다가 문제가 생겨서 법원에 수없이 출두했다. 기나긴 공방 끝에 무혐의를 선고받았지만, 금전적으로 어려워졌다. 그래도 그분은 포기하지 않는다고 했다. 지금도 사업을 운영하며 새롭게 재기를 준비하고 계셨다. 그분의 상황과 비슷한 내 상황이 머릿속에서 겹치면서 눈물이 끊임없이 흘러나왔다. 그날 강사님은 이렇게 말씀하셨다.

"쉬운 인생을 살아온 사람은 없습니다. 어떤 사람이 살아온 인생을 듣다 보면 나보다 더 힘들게 산 사람들도 많아요."

***

"죽어버리고 싶은 만큼 슬픈 일이 생기면 일단 밥을

먹으렴. 한 끼를 먹었으면 그 한 끼만큼 살아. 그렇게 어떻게든 견디면서 삶을 이어가는 거야."

– 『다시 태어나도 엄마 딸』
스즈키 루리카 지음, 이소담 옮김, 266쪽.

살면서 버티기 힘든 순간들이 있을 때면 그냥 오늘 하루, 딱 한 끼만큼만 버텨보면 어떨까? 나도 그렇게 버티다 보니 사기를 당해서 힘들었던 순간도, 아픈 남편에 관한 걱정도, 뇌수술을 받던 힘든 순간도 다 지나가고 이렇게 용기 내서 나를 이야기하는 순간을 맞이했다. 물론 아무 일도 일어나지 않고 편안한 날들만 살았다면 더 좋았겠지만, 지금 이 순간도 충분히 행복하다.

나는 이렇게 하루를 버티면서 어느새 사십 대가 되었다. 여전히 행복하고 슬프기도 한 보통의 오늘을 산다.

이 이야기는 그냥 평범한 우리네 이야기다.

목차

엄마인 나

*

아내인 나

*

작가인 나

*

추억 속, 나

오늘의 나를 어제보다 더 단단한 어른으로 만드는

추억의 맛 이야기.

| 냉국수   여름과 할머니의 맛

　나는 어렸을 때부터 무더운 여름에 할머니가 삶아주시는 냉국수를 좋아했다. 할머니만의 특별한 비법이나 육수가 담긴 국수는 아니고 그냥 보리차 국수였다. 면을 삶아서 잘 헹구고 차가운 보리차를 부어주셨는데, 시원해서 좋았다. 어린 나는 할머니가 자극적이지 않고 살짝 단맛이 나는 보리차 국수를 만들어주시면 꼭 한 그릇씩 다 먹곤 했다.

　할머니는 내가 탄산음료나 사탕, 초콜릿을 많이 먹으면 혼내셨지만, 보리차 국수만큼은 내가 원하는 대로 달게 만들어주셨다. 날이 더울 때 먹으면 마치 시원한 음료수를 마시는 것 같았다. 세상 어디에도 없는 우리 할머니표 국수였다. 엄마도 이 집에 시집와서 처음으로 드셔보셨다고 했다.

지인들과 국수를 주제로 이야기해보면 보통 잔치국수를 좋아한다는 이야기를 많이 듣는다. 나는 멸치의 비릿한 맛을 싫어한다. 그래서 여름에 국수를 먹으면 새콤한 동치미 국물에 소면을 말아서 먹거나 콩국수를 주로 먹는다. 어른이 된 지금은 콩국수를 잘 먹지만, 어렸을 때는 고소하다는 콩국도 콩의 맛이 비려서 싫었다.

🍴

오랜만에 할머니표 국수가 생각나서 아이들과 국수를 만들기로 했다. 소면을 삶아서 찬물에 헹구고 오이는 얇게 채를 썬다. 차가운 보리차에 설탕, 깨소금, 소금을 더해서 냉국수용 국물을 만든다. 삶아둔 면에 냉국을 붓고 오이를 올린다. 그리고 고춧가루와 참기름, 얼음을 곁들인다.

보리차 국수를 먹은 아이들은 무슨 맛인지 모르겠다고 한다. 내가 먹어봐도 어렸을 때 먹던 그 맛이 아니다. 요리법이 틀렸나 싶어서 엄마에게 전화를 걸었다. 엄마가 불러주는 요리법도 내가 기억하던 요리법과 비슷하다. 사실 나도 국민학생―내가 졸업하고 초등학생으로 명칭이 바뀌었다― 이후로는 보리차 국수를 먹어본 적이 없다.

오랜 시간 잊고 있던 그 맛이 왜 갑자기 생각났을까? 나이를 먹을수록 가끔 할머니가 만들어주셨던 음식을 다시 먹고 싶다.

할머니의 음식은 이제 내 기억 속에 어렴풋하게 남은 추억의 맛이다. 아련하게 남은 나와 그녀의 추억이기도 하다.

할머니는 내가 지금의 우리 아이보다 더 작고 어렸을 때 나를 키워주셨다. 우리는 언제나 바늘과 실처럼 같이 붙어 다녔다. 삼십 년도 더 지난 일이다. 그때 먹었던 이름 모를 음식들은 이제 다시는 맛볼 수 없기에 내 마음 한편에서 그리움이 되었다.

할머니는 내가 고등학생 때부터 입원과 퇴원을 반복했다. 나이가 들면서 병원에 가는 게 곧 외출인 삶이 되었다. 할머니는 병원을 좋아하셨다. 매일 병원에 가시는 것으로 마음의 위로를 받는 듯했다.

늘 아프다고 하시면서도 내가 대학에 입학하자 "졸업하는 모습을 볼 수 있을까?"라고 하시며 나를 보듬어주셨고, 내가 졸업하고 사회에 나갔을 때는 "결혼하는 모습은 볼 수 있을까?"라고 하시며 나를 기다려주셨다. 그래서인지 나는 결혼과 출산이 남들보다 조금 빨랐다. 할머니는 건강하시지는 않았지만, 오래 사셨다. 결국 나의 두 아이를 모두 품에 안아 보셨다.

내 기억 속의 할머니는 건강하시던 모습 그대로인데, 돌이켜보면 내 곁을 떠나신 지도 벌써 십 년 정도 되었다. 할머니가 만들어주셨던 음식을 지금도 가끔 먹고 싶다.

가만히 있어도 땀이 줄줄 흐르고 누가 부르기만 해도 짜증이 나는 날, 습도가 높아서 에어컨을 켜지 않고서는 버틸 수 없는 더운 날에는 보리차 국수를 한 그릇 만들어서 먹는다.

이번에도 그 맛은 아니겠지만, 나는 할머니를 추억하며 국수를 삶을 것이다.

남편

"국수는 잔치국수가 맛있어. 밖에서 사 먹으면 미리 삶아둔 면을 쓰는데, 그런 면은 먹으면 꼭 체하더라고. 나는 자기가 만들어주는 비빔국수가 맛있더라!"

이번에도 그 맛은 아니겠지만,
나는 할머니를 추억하며 국수를 삶을 것이다.

| 코코아

어린 나에게 선물이 된
할아버지의 맛

운 좋게도 이사하는 곳마다 가까운 곳에 도서관이 있다. 세상에서 가장 큰 책장을 언제나 소유하는 셈이다.

오늘은 아이들과 도서관에 가서 각자 읽고 싶은 책을 빌려서 스타벅스에 가서 읽기로 했다. 우리 가족은 이사한 지 얼마 되지 않아서 동네에 아는 사람이 한 명도 없다.

어렸을 때는 할아버지와 할머니가 내 친구였다. 어린 나는 할아버지랑 구슬치기도 하고 화투도 치고 천자문 공부도 했다. 한자를 잘 몰랐지만, 할아버지 옆에서 "하늘 천~ 누를 황~"을 외우곤 했다.

할아버지는 거의 매일 집에 계셨다. 가끔 외출하실 때는 짙은 회색 바지에 반팔 셔츠, 옅은 회색 점퍼를 입으시고 회색 중절모를 쓰고 나가셨다. 할아버지는 머리숱이 거의 없는 반짝반짝 대머리셨다. 반면에 나는 찰랑거리고 머리숱이 많은 단발머리였다. 당신도 예전에 젊었을 때는 머리숱이 많았다며 멋쩍게 웃으시곤 했다.

어느 날, 외출을 준비하시는 할아버지를 따라서 나도 나갈 준비를 했다. 어디로 가시는지는 알 수 없지만, 따라나서면 사탕이라도 사주시지 않을까 내심 기대했다. 지금은 초콜릿을 좋아하지만, 어렸을 때는 사탕도 잘 먹었다. 유치원을 다니기 전이었으니 아마도 네다섯 살 정도의 나이였을 것이다.

약속 장소는 가까운 곳이었다. 약속 장소에 도착하자 할아버지는 나를 응접실 소파에 앉히고 테이블 위에 작은 컵을 하나 놓아주셨다. 그리고 안쪽에 있는 사무실로 들어가셨다. 할아버지를 기다리면서 컵에 담긴 코코아를 홀짝거리며 마셨다.

할아버지를 따라간 날, 그렇게 집이 아닌 곳에서 처음으로 코코아를 마셨다. 선풍기가 옆에서 돌던 기억이 아직도 어렴풋이 남아있다.

스타벅스에서 코코아를 마시는 아이를 보니 할아버지 생각이 났다. 그 추억을 완전히 잊고 있었다. 할아버지가 돌아가신 지도 어느덧 삼십 년이 되었다. 다른 손자들보다 나를 유독 더 예뻐하셨다. 돌이켜보면 분가한 우리 부모님을 대신해서 나를 직접 키우시면서 매일 보다 보니 정은 말할 것도 없고, 약간은 애처롭게 여기셨던 것 같다.

분명히 할아버지와 많은 추억이 있었을 텐데, 어렸을 때의 추억이라서 그런지 지금은 기억이 잘 안 난다. 하지만 코코아를 마신 그날의 기억만은 선명하게 남아있다. 지금도 아들의 돌 사진을 보면 할아버지가 나를 보면서 웃으시는 것 같다.

할아버지, 저는 잘 있어요.

딸

"코코아는 그냥 달콤한 거 먹고 싶을 때 마시지. 겨울에 엄마랑 마시는 코코아가 좋아. 마시면서 수다도 떨고."

| 부대찌개

서울 나들이의 맛

외삼촌은 예전부터 포천에 사셨다. 삼십 년 전쯤에는 우리 가족이 통영—당시에는 '충무'라고 불렀다—에서 버스를 타고 서울로 나들이를 가면 삼촌이 터미널로 마중을 나오시곤 했다. 가끔은 우리가 택시를 타고 할머니가 계신 서울 집에 들렀다가 삼촌 차를 타고 다시 포천으로 들어가기도 했다.

그 당시 우리 집은 차도 없었고 바닷가 끝인 통영에 사는데 비해서 삼촌은 서울과 포천 양쪽에 집이 있어서 부자라고 생각했다. 아빠는 내가 6학년 때 처음으로 차를 사셨다.

포천에 가려면 의정부를 지나야 했다. 그때 의정부에 들러서 처음으로 부대찌개를 먹게 되었다. 햄이 많이 들어간 찌개라 어떤 맛일지 궁금했다.

냄비 안을 들여다보니 각종 건더기가 푸짐하게 들어있었다. 옆으로 오신 아줌마가 주전자에 담긴 하얀 육수를 냄비에 부어주셨다. 처음에는 김치찌개에 햄이 들어간 정도라고 생각했는데, 막상 실제로 보니 다른 느낌이었다. 찌개가 보글보글 끓자 라면 사리를 넣었다. 이 정도면 호화로운 라면 아닌가. 게다가 사골육수로 끓인 찌개는 처음이었다.

집에서는 사골국에 밥을 말아서 먹거나 떡국을 끓여서 먹었다. 햄도 종류별로 한번에 이렇게 많이 먹어본 적은 처음이었다. 열 살의 나는 처음 먹는 부대찌개가 무척 맛있어서 놀랐다.

서울에는 부대찌개 외에도 롯데월드, 동대문, 명동, 어린이대공원, 수영장 등 통영에는 없는 게 참 많았다. 서울에 한번 가려면 버스를 오래 타야 했지만, 행복한 일이 많을 것을 알았기에 지겹거나 힘들지 않았다.

🍴

시간이 흘러서 이제 우리 아이들이 그때의 나보다 더 컸다. 순박했던 그때의 시골 아이가 벌써 두 아이의 엄마가 되었다.

나는 아이들과 가끔 부대찌개를 먹는다. 우리 아이들은 어렸을 때 매운 것을 잘 먹지 못했다. 제대로 먹지 못하고 햄만 하나씩 건져 먹던 아이가 이제는 앞접시에 찌개를 한가득 담아서 먹는다.

요즘 부대찌개는 주로 전문 음식점에 가서 사 먹던 예전과는 달리 집에서 편하게 먹을 수 있다. 마트에서 포장된 밀키트를 팔고, 9,900원짜리 포장 전문 식당도 생겼다. 평소에 건강에 안 좋은 재료라며 먹지 말라고 하던 것들을 부대찌개라는 이름으로 한데 모아서 부르니 마음껏 먹으라고 하게 된다. 햄과 라면도 많이 먹으라고 권한다.

내가 처음 부대찌개를 먹었던 그 식당으로 아이들과 추억 여행을 가보고 싶다. 어렸을 때라 그 식당이 정확하게 기억나지는 않는다. 그래도 부대찌개를 생각하면 어린 날의 서울 나들이가 떠오른다.

우리 아이들이 지금 먹는 이 부대찌개는 어떤 기억을 남길까? 아이들이 자라면 어떤 음식이 추억의 음식이 될까? 그 추억 속에 나와 남편도 함께 있을까?

딸

"먹다 보니 좋아졌어. 라면 사리와 중국 당면 먹는 재미가 있네. 합법적으로 인스턴트식품을 먹을 수 있어서 좋다!

낚시터에서 밀키트로 먹었던 날도 기억나. 낚시보다 부대찌개가 더 추억이 되었네. 아, 그때 내가 잠시 화장실 간 사이에 동생이 큰 물고기를 잡았잖아. 그거 원래는 내 물고기인데, 아쉬워~"

| 카스텔라　　　　　　처음 만난 보라색의 맛

　　부엌에 처음 보는 보라색 팬이 있다. 무슨 용도인지 궁금했다. 엄마 옆에 앉아서 쫑알거리며 물어보았다. 엄마는 자꾸 보채는 나를 보더니 웃으며 말씀하셨다.

　　"빵 만들어줄게. 조금만 기다려."

　　엄마가 밀가루, 계란, 우유, 설탕 등을 섞어서 만든 반죽을 보라색 팬에 넣고 뚜껑을 닫는다. 나랑 동생은 옆에서 지켜보다가 다시 방으로 들어갔다.
　　'어떤 빵이 될까?' 놀면서도 머릿속은 온통 엄마가 만드는 빵 생각뿐이다. 길거리 노점상에서 붕어빵 아줌마가 반죽을 빵틀에 붓고 구워서 갓 만든 붕어빵을 하얀 봉투에 담아주던 모습이 머릿속을 스친다.

엄마에게 쪼르르 달려가 졸랐다.

"엄마, 다 된 거 같아. 이제 된 거 같아. 더 굽다가 다 타면 어떡해?"

"다 되면 소리가 날 거야."

소리가 나지 않는데도 적당히 노랗게 잘 구워서 파는 붕어빵 아줌마가 대단하다고 생각했다. 잠시 후 '삐!' 소리가 나서 보라색 팬 앞으로 달려갔다. 엄마는 뜨거우니 조심해야 한다고 했다. 뚜껑을 열었더니 아까는 하얗게 흘러내리던 반죽이 적당하게 굳고 부풀어 올라서 빵이 되었다. 먹음직스러운 갈색으로 잘 구워졌다.

보라색 팬에 가득 담긴 카스텔라! 엄마는 팬에서 카스텔라를 꺼내 도마 위에 놓고 잘랐다. 바로 구워서 따뜻한 빵을 우유와 함께 주셨다. 한입 먹어보니 빵집에서 먹던 카스텔라처럼 부드럽고 달콤했다. 엄마는 그 후로도 보라색 팬을 몇 번 더 꺼내서 카스텔라를 만들어주셨다.

나는 보라색을 생각하면 갓 구운 카스텔라가 떠오른다. 그렇게 보라색은 내가 좋아하는 색이 되었다.

🍴

이제는 아이들의 엄마가 된 나도 우리 아이들에게 빵을 만들어준다. 빵을 구울 때면 어렸을 때 엄마가 만들어주셨던 카스텔라가 생각난다. 엄마는 간단하게 만들었던 것 같은데, 막상 내가 해보니 생각보다 어렵다. 그래도 책에서 하라는 대로 따라 했더니 얼추 비슷하게 나왔다. 게다가 빵을 만들 때마다 아이들이 좋아해주니 이것저것 만들어서 먹는 재미도 있었다.

처음에는 그냥 빵집에서 사 먹을까 생각했지만, 직접 만들어보니 만드는 재미가 있었다. 준비하는 데는 3~4시간 정도 걸리지만, 먹는 데는 15분이면 충분하다. 요즘은 베이킹 믹스도 다양하게 출시되어 있다. 사 와서 그냥 굽기만 하면 된다.

우리 집 싱크대 구석에는 그때 사용했던 베이킹 도구들이 지금도 자리를 차지하고 있다. 그런데 얼마 전부터 딸아이가 베이킹에 관심을 가져서 핸드 믹서기를 샀다. 우리 집에 다시 베이킹 열풍이 분다. 딸이 이것저것 만드는 모습을 보면 나를 닮았다 싶다.

엄마의 카스텔라 레시피가 궁금하다. 어린 나는 엄마가 만들어준 카스텔라를 먹을 때마다 엄마와 행복한 시간을 보냈다. 자라고 나서는 어떤 카스텔라를 먹어도 어렸을 때 그 맛을 느낄 수 없었다. 이제 나이가 든 것 같아서 조금 슬프기도 하다. 그때 나는 열 살도 되지 않은 아이였다. 엄마의 카스텔라 맛은 어린 시절의 추억을 더한 맛이리라.

오늘의 평범한 일상들이 우리 아이들의 기억 속에도 남길 바란다. 세월이 지나 스스로 행복했다고 느끼는 사람으로 자라주면 좋겠다. 아이들이 지치고 힘들 때 이 작은 행복이 위로가 되어줄 수 있기를 바란다.

딸

"나는 실수로 바닥의 종이까지 먹었던 적이 있지 뭐야? 카스텔라는 빵이 부드러워서 맛있어."

오늘의 평범한 일상들이
우리 아이들의 기억 속에도 남길 바란다.
세월이 지나 스스로 행복했다고 느끼는 사람으로
자라주면 좋겠다.

| 돈가스

가족끼리 즐기는
외식의 맛

"돈가스 먹고 싶다!"

아들의 한마디에 오늘 점심 메뉴는 돈가스로 정해졌다.
오늘은 아이들 운동화를 사러 쇼핑몰에 나왔다. 사실 요즘은
외출을 최대한 자제해야 하는 시기다. 그래도 아이들이 워낙
부쩍 자라서 운동화 사이즈가 애매해진 터라 직접 쇼핑몰에
가서 신어보고 사기로 했다.

나는 작년부터 아이들이 발이 커져서 못 신게 된 작은 운
동화를 신는다. 조금 더 시간이 지나면 아이들에게 작은 운
동화도 내 발보다는 클 것이다.

점심시간이라 쇼핑몰 푸드코트는 많은 사람으로 붐볐다. 사람이 많은 곳은 무조건 피하기로 결심한 터라 운동화를 사자마자 복잡한 쇼핑몰을 얼른 빠져나왔다. 푸드코트 말고 쇼핑몰 안의 개별 식당들을 둘러보니 자리에 여유가 있었다.

왕돈가스 둘, 우동 하나, 이월 세트(일식 돈가스+새우튀김)를 오늘의 메뉴로 정했다. 아이들이 어렸을 때는 어느 메뉴든지 2인분만 시켜도 우리 가족 네 명이 충분히 식사할 수 있었다. 그러나 언제부터인가 1인 1메뉴가 당연하게 되었다.

각자 취향껏 주문했다. 이 가게의 왕돈가스는 다른 곳보다 훨씬 크다. 양배추샐러드와 피클과 단무지를 함께 주는 경양식 돈가스였다. 소스를 다 끼얹어서 주었다. 한입 크기로 잘라서 맛을 봤다. 고기가 얇고 바삭해서 꽤 맛있다. 고개를 돌려보니 모든 테이블이 돈가스로 외식을 즐기고 있었다.

🍴

내가 어렸을 때 우리 동네에 경양식집이 있었다. 돈가스를 시키면 크림수프가 먼저 나오고 곧이어 양배추샐러드와 강낭콩, 후르츠 칵테일, 단무지와 깍두기가 나왔다. 엄마가 돈가스를 잘라주면 나랑 동생이 한 조각씩 집어먹었다.

국민학교에 다닐 때 엄마가 공부방으로 배달시켜주던 돈가스도 생각난다. 학교가 끝나면 집에 가서 밥을 먹어도 되는데 굳이 공부방에 가서 밥을 먹었다. 공부방에서 점심시간을 맞이하면 엄마들이 배달을 시켜주었다. 그때 가장 인기 있던 메뉴가 돈가스였다. 공부하기 전에 친구들과 칼질을 먼저 했던 기억이 난다. 혼자만 비후가스를 먹던 친구도 있었다.

　　돈가스는 아이였을 때나 어른이 된 지금이나 계속 즐겨 먹는 메뉴다. 돈가스를 좋아하던 어린아이는 세월이 지나서 두 아이의 엄마가 되었다. 모든 것이 그대로인 것 같은데 벌써 마흔 살이 되었다. 그래도 내가 지금의 우리 엄마처럼 나이를 먹고, 아이들이 나만큼 어른이 되어도 돈가스는 우리 가족이 외식할 때 빠지지 않는 메뉴일 것이다.

아들

> "돈가스는 내가 제일 좋아하는 음식이야. 맨날 먹어도 안 질리고, 느끼하긴 해도 계속 먹고 싶어. 먹기에 편하고 가격도 많이 안 비싸서 외식할 때 먹으면 좋아. 나는 '외식' 하면 돈가스가 제일 먼저 떠오르더라!"

| 카레 새콤달콤한 노란색의 맛

"엄마, 이게 뭐야?"

"이건 카레라고 하는 거야. 인도에서도 먹고, 일본에서도 먹는 음식이야."

엄마가 큰 냄비에 감자, 당근, 양파, 돼지고기를 넣고 볶는다. 볶은 재료들 위로 물과 노란색 가루를 넣고 한 번 더 끓인다. 강렬한 향기가 풍긴다. 다 끓인 소스를 흰밥 위에 올려서 주셨다. 반찬은 배추김치와 단무지다.

처음 카레를 마주했을 때 든 생각은 '뭐야? 김치랑 밥만 있잖아.'였다. 멀뚱히 앉아있는 나를 보고 엄마가 웃었다.

"밥이랑 잘 비벼서 김치랑 같이 먹어봐."

시큰둥하게 비벼서 한 숟가락을 먹었다. 살짝 매웠다. 그런데 더 먹고 싶은 맛이다. 신기하게도 먹으면 먹을수록 맛있다. 단무지를 올려서 먹으면 매콤함에 새콤달콤한 맛이 더해진다. 어린 시절의 내가 카레를 처음 먹었던 날의 기억이다.

🍴

내가 어렸을 때는 '카레' 하면 노란색 카레밖에 없었다. 요즘 카레는 색이 예전보다 어두워져서 갈색빛을 많이 띤다. 엄마가 만들어준 카레에 애호박을 추가하고 계란프라이를 반숙으로 만들어서 올리면 나만의 카레라이스가 완성된다.

카레는 대부분 비슷한 재료로 만들지만, 신기하게도 만드는 사람마다 맛이 다르다. 내가 만들어도 오늘 만든 것과 지난번에 만든 게 조금 다르다. 나는 채소를 많이 넣어서 만든다. 특별한 이유는 없다. 언젠가 한 번 고기를 넣지 않고 만들었는데 꽤 맛있었기에 그 후로는 쭉 고기를 넣지 않고 만든다. 어느 날 남편이 "카레에는 고기지."라고 말하기 전까지는 카레를 싫어하는 남편에게도 채소만 넣은 카레를 만들어주었다.

아들도 카레를 싫어한다. 만들어주면 마지못해서 먹는다. 채소를 먹이려고 볶음밥이나 카레를 만드는 건데, 굳이 채소를 걸러낸다. 그러다 "채소도 싫어하고 카레도 싫어하는데, 엄마는 나빠요."라는 말을 듣고 나서는 카레가 우리 집 식탁 위에 오르는 날이 줄어들었다. 밥을 하기 귀찮은 날에는 카레가 편한 메뉴인데 말이다.

아들이 편식한다고 여기고 채소를 억지로 먹으라고 할 수도 있지만, 그래도 아이의 마음을 최대한 이해하려고 한다.

딸이 온라인 수업을 듣는 날의 일이다. 둘이서 카레를 만들어서 먹었다. 남편이 없으니 눈치를 보지 않고 채소를 큼직하게 썰어서 넣고 옛날 카레라는 이름을 붙였다.

"오늘은 고기를 안 넣으면 어떨까?"
"돼지고기를 넣어야 맛있지."

이럴 때 보면 그 아빠에 그 딸이다. 딸도 채소를 싫어하지만, 아들처럼 골라내지는 않고 다 먹는다. 아들은 국에 든 대파나 쪽파까지 골라낸다. 엄한 부모였다면 "밥 먹지 마!"라고 소리를 질러도 모자랄 일이지만, 그래도 나는 조용히 아이를 도와준다. 크면 다 먹게 된다. 지금은 아이가 잘 먹는 것에 의의를 두기로 했다.

아들은 입이 짧다. 한동안 밥을 잘 안 먹어서 걱정이 많았다. 주변 어른들도 "살찔 체질이 아니야. 안 먹으니까 안 크지."라며 한마디씩 했다. 그래도 최근에 보면 살도 찌고 키도 자란다. 아들을 믿고 기다리기로 했다. 마음을 부드럽게 내려놓았다.

나와 아들은 취향이 다르다. 아들은 내가 싫어하는 것들을 좋아한다. 우리는 서로의 취향을 존중하기로 했다. 예전에 맛있게 먹었던 노란색 카레가 이제는 별로 당기지 않는 걸 보면 취향과 입맛도 세월 따라서 변한다. 그래도 카레는 여전히 좋다.

딸

"6학년 때 카레를 만들어보라는 숙제가 있어서 집에서 만들었지. 그런데 다음 날 학교에 가니까 나만 만들어본 거 있지? 다른 애들은 아무도 안 만들어봤대. 그래도 나는 처음으로 만들어보니까 진짜 신기하더라."

| 김밥

단단한 어른의 맛

　김밥은 내가 좋아하는 메뉴 중 하나다. 그런데 소풍날이면 늘 챙겨주시던 엄마의 도시락이 시장표 김밥으로 바뀌면서 김밥은 기쁨과 슬픔을 동시에 주는 음식이 되었다.

　엄마가 돌돌 말아서 참기름을 바르고 썰어주는 김밥은 먹을 때마다 사랑과 정성을 함께 먹는 기분이었다. 그러다 부모님이 맞벌이로 바빠지셔서 할머니와 살 때는 소풍날에 김밥을 가져가기가 싫어졌다. 엄마가 싸주던 알록달록한 김밥이 그리웠다.

　할머니는 된장이나 고추장은 직접 담그시면서도 이상하게 김밥은 직접 말지 않고 사 오셨다. 시장 김밥은 분명히 맛있는데 어딘가 허전했다. 그래서 친구의 도시락에 있던 유부초밥을 보며 다음에는 나도 유부초밥을 싸 오리라 다짐했다.

다음 소풍날에는 할머니와 함께 소풍 도시락을 준비했다. 친구의 유부초밥을 먹어본 기억을 더듬으며 미리 써놓은 요리법을 몇 번이나 정독했다. 할머니는 혼자서 만들 수 있다고 하셨지만, 도와드린다는 핑계를 대며 함께 만들었다. 양념한 소고기와 파프리카, 당근 등 고운 색의 소가 듬뿍 들어갔다. 지금까지 먹은 유부초밥 중에서 가장 화려했다.

그래도 특별하지는 않지만, 엄마가 싸주시는 김밥과 도시락이 그리웠다. 매일 엄마랑 살고 싶었다. 학교가 끝나고 집에 돌아갔을 때 엄마가 있었으면 했다. 결국 몇 년 후 IMF 때문에 타지에 계시던 부모님이 집으로 내려오시면서 할머니와 우리 가족은 완전히 합가했다.

🍴

이제 어른의 사정을 모두 다 아는 나이가 되었지만, 나는 여전히 김밥에 집착한다. 아이들의 소풍날이면 새벽부터 일어나서 서너 가지 메뉴를 준비한다. 어렸을 때 느꼈던 아쉬움

때문에 다 자란 나에게도 김밥을 싸준다. 어린 내가 겪었던 슬픈 시간들이 생각나서 더 열심히 도시락을 만든다.

이제는 안다. 좋아한다고 생각했던 것이 실은 상처였다는 것을. 나는 김밥을 싸며 나를 돌아볼 수 있었다. 남편과 아이들도 많이 도와주었다. 그렇게 지난날의 감정을 흘려보냈다. 이제는 옛 기억을 떠올려도 덤덤하지만, 처음 그런 감정들을 만났을 때는 혼란스러워서 많이 울었다.

지금은 김밥을 먹어도 울컥하거나 슬퍼지지 않는다. 나를 둘러싼 아픔이 어느 순간 사르르 녹아내려 마음이 한결 편해졌다. 좋아하는 음식이 즐거운 추억으로만 남았다면 나는 이 글을 쓰지 못했을 것이다. 달콤한 날이 있으면 쓰고 매운 날도 있다. 그래야 살아가는 재미가 있다. 나는 오늘도 하나씩 배우며 더 단단한 어른이 되어간다.

아들

"채소가 많이 들어간 음식은 싫어. 특히 오이는 정말로 싫어하는 재료야. 지난번에 여행 가면서 차에서 김밥을 먹을 때는 오이랑 단무지를 빼고 먹느라 힘들었어. 그래도 엄마가 햄, 치즈, 계란만 넣고 만들어주는 김밥은 정말 맛있어."

달콤한 날이 있으면 쓰고 매운 날도 있다.

그래야 살아가는 재미가 있다.

나는 오늘도 하나씩 배우며

더 단단한 어른이 되어간다.

엄마인 나

아이가 자라는 만큼 엄마인 나도

한 뼘 더 자라나는 맛 이야기.

| 돼지국밥   엄마가 되고 처음 만난 맛

"안 돼!"

어느 토요일 아침, 나 혼자 소리를 질렀다. 손에 든 임신 테스트기에는 선명한 두 줄이 떠 있었다.

결혼 4개월 차이자 스물다섯 살인 나는 덜컥 눈물부터 났다. 기쁘면서도 한편으로는 두렵고 무서웠다. 복잡한 심경을 억누르고 남편에게 전화를 걸었다.

"지금 당장 오라고? 어디 아파?"

"응. 많이 아파."

급하게 돌아온 남편에게 테스트기를 보여주며 또 한바탕 울었다. 신혼이었던 우리는 남동생과 함께 살고 있었다. 그날 동생은 외출 중이었다.

우리는 연애를 오 년 정도 하고 결혼했다. 남편은 내 첫사랑이었다. 결혼하고 가끔 '만약 아이가 안 생기면 어쩌지…'라는 근거 없는 불안감이 들 때가 있었는데 아니었다.

그래도 당황스러웠다. 이제 막 결혼했고 회사에서도 겨우 신입을 벗어났는데 덜컥 임신이라니.

예전부터 막연하게 '아이 한 명은 있어야 하지 않을까? 둘이서만 사는 게 과연 괜찮을까?'라는 고민을 종종 했다. 결혼할 때 남편은 아이 없이 우리 둘이서만 함께 살고 싶다고 말했는데, 결혼 후 우리 부부의 미래를 제대로 그려보기도 전에 덜컥 아이가 생겼다. 우리 부부는 2008년 7월 21일이면 부모가 될 예정이었다.

"전부터 아기 갖고 싶다고 했잖아. 좋은 일인 거지. 뭐 먹고 싶은 거라도 있어?"

최근 들어서 그냥 회사 일이 힘들어서 피곤한 거라고 생각했는데 임신 때문이었다. 병원에서 임신을 확인하고 남편과 집으로 돌아가는 길이었다. 딱히 떠오르는 메뉴 없이 그냥 집으로 가다가 문득 머릿속에 어떤 음식이 떠올랐다.

"돼지국밥 먹고 싶어!"

다시 차를 돌려서 길가에 있는 작은 국밥 가게에 들어갔다.

"못 먹을 것 같으면 말해."

평소에는 생각지도 않던 메뉴였다. 나는 살면서 돼지국밥을 어렸을 때 아빠랑 한 번, 고등학교 때 친구들이랑 한 번, 이렇게 총 두 번 먹었다. 돼지국밥은 돼지고기와 여러 가지 내장이 들어간 국밥에 부추무침을 올려서 먹는 음식이다. 임신 후에 처음으로 먹은 음식이 돼지국밥이었다.

아무렇지 않던 속이 막상 국밥을 보니 울렁거리기 시작했다. 얼른 한 숟가락을 떠서 먹으니 속이 진정되었다. 반 정도 먹었더니 더는 못 먹을 것 같았다. '이런 게 입덧이구나.' 혼자 내 마음을 다독였다. 남편은 오랜만에 먹는 국밥이라 그런지 열심히 먹었다. 그날은 남편의 어깨가 무거워진 날이다.

드라마나 영화에 나오는 임산부처럼 심한 입덧을 할까 걱정했지만, 특별한 입덧 없이 무난하게 임신 기간을 보냈다. 한겨울에 수박이 먹고 싶거나 복숭아를 찾는 일은 일어나지 않았다. 내가 임신한 사이에 시아버님이 돌아가셨고 남편은 난치성 질병을 진단받았다. 사실 임산부라고 마음 놓고 편히 쉴 처지가 아니었다.

시간이 지날수록 몸과 마음이 힘들어져서 35주 차에 가진통으로 출산하러 대학 병원에 갔다가 그냥 퇴원했다. 36주 1일 차에 또 진통이 왔다. 남편이 나를 다독여주었다.

"아기는 그렇게 빨리 나오는 게 아니야. 아직 4주나 남았어. 마음 편하게 갖자. 지금 힘들어서 그래."

아기는 나오고 싶을 때 나온다. 남편이 퇴원한 다음 날에 아이가 태어났다. 예정보다 빨리 나온 아기 덕분에 만삭 사진을 예약한 주에 신생아 사진을 찍었다. 서산에 있는 우리 집 앞의 스튜디오에 사진 촬영을 예약했는데, 스튜디오 사장님께서 소식을 듣고 대전에 있는 대학 병원까지 와주셨다.

그렇게 나는 36주 1일에 2.4kg으로 태어난 작은 아이의 엄마가 되었다.

그 아이가 지금은 열다섯 살이다. 어느새 순대국밥을 시키면서 "순대 없이 주세요."라고 말하는 중학생이 되었다. 나는 어른이 되고 한참 뒤에 순대국밥을 먹었기에 순대국밥이 맛있다는 아이가 조금은 신기하다. 국밥 속에 들어있는 내장은 아무렇지 않게 먹으면서 이상하게 순대는 못 먹는 아이지만, 늘 사랑스럽다.

아프지 말고 지금처럼 씩씩하게 자라라. 엄마의 쌍꺼풀과 아빠의 성격을 닮은 우리 첫아기. 많이 사랑한다.

남편

> "어린 시절 시골 잔칫날에 돼지를 잡던 모습이 생각나네. 지금은 식당에서 사 먹지만, 그때는 특별한 날에만 먹는 음식이었어. 맛있는 부분은 동네 아저씨들이 다 먹고 어린아이들은 주로 퍽퍽한 수육만 먹었지."

아프지 말고 지금처럼 씩씩하게 자라라.
엄마의 쌍꺼풀과 아빠의 성격을 닮은 우리 첫아기.
많이 사랑한다.

| 잡채

두 살배기 우리 딸과
함께한 맛

잡채는 반찬 가게에서 사면 고기와 채소는 적게 들어있고 당면만 가득해서 직접 만들어서 먹는다. 우리 엄마표 잡채는 얇게 자른 어묵이 빠지지 않고 들어간다. 돼지고기, 양파, 당근, 시금치 같은 기본 재료에 어묵이 더해지면 엄마표 잡채가 된다. 반면에 우리 딸은 어묵을 별로 좋아하지 않아서 나는 빼고 만든다. 첫아이를 임신했을 때 시어머니가 한가득 만들어주신 잡채가 생각난다. 잡채는 나보다도 남편이 무척 좋아한다. 그래서인지 아이도 잡채를 좋아한다.

돌이 지난 아이가 당면을 주는 대로 받아먹는 모습을 보고 며칠 뒤에 요리책과 네이버 검색 결과를 참고해서 처음으로 잡채를 만들었다. 그 나이대의 아이들은 면을 참 좋아한다. 작은 입으로 오물거리며 잡채를 야무지게 먹던 모습이 기억에 남아있다.

🍴

딸이랑 남편, 나 이렇게 세 식구가 살 때였다. 아이 옆에서 잠시도 떨어질 수 없었다. 항상 아이 눈앞에 내가 있어야 했다. 어느 날 아이를 앉혀놓고 양념한 당면을 한 가닥 집어서 먹여주었다. 볶은 채소와 고기도 하나씩 맛을 보여주었다.

당시는 아이의 올바른 식습관 형성을 위해 많이 신경 쓰던 시절이었다. 아이와 함께 요리하는 초보 엄마의 모습이 내 일기에 남아있다. 아이가 밥을 안 먹어도 혼내지 않고 예쁘게 바라보던 내 모습과 작은 입으로 당면이랑 고기만 건져 먹는 모습도 예쁜 두 살배기 우리 딸의 모습이 담겨있다.

아이에게 책을 읽어주며 함께 놀았다. 밥을 해줄 때는 요리책을 펼쳐놓고 인터넷도 열심히 뒤적였다. 이유식도 직접 만들어서 먹이고 주말에는 가까운 곳이라도 나들이를 갔다. 아이가 많은 걸 보고, 듣고, 느껴보게 하고 싶었다.

가끔 남편이 온종일 집에 있으면서 아이를 돌봐줘 나를

위한 날도 가질 수 있었다. 늘 육아서와 블로그에 나온 정보를 공부하며 나름대로 최선을 다했다. 애가 애를 낳았다는 말을 듣기 싫어서 더 정성을 들였다.

아이가 태어나니 새로운 작은 우주가 생겼다. 나의 하루는 아이를 기준으로 돌아갔다.

스물일곱 살의 나이, 내 친구들은 데이트와 직장생활로 바빴다. 그녀들은 서울에 있고 나는 서산에 있었다. 나의 단짝은 두 살 아이였다. 우리는 한 몸처럼 지냈다. 나는 그렇게 엄마가 되었다. 하이힐을 벗고 운동화를 신었다.

딸

"기름진데도 맛있어서 많이 먹게 돼. 목이버섯은 싫어. 그래도 먹어보면 잡채가 왜 궁중 요리인지 알 것 같아."

| 수제비

돌아보면 자라는 아이와
즐기던 맛

아이에게 "얼른 건강해져야 해!"라고 말하던 날들이 있었다. 우리 부부의 첫아이는 36주 1일에 태어나서 잠시 중환자실에 있었다. 그때는 오직 내 아이가 건강한 것이 최고의 소망이었다.

그런데 아이가 자랄수록 처음의 소망은 잊고 갈수록 더 많은 것을 바라게 된다. 사람은 망각의 동물이다.

"어렸을 때의 너를 생각해봐! 어떻게 하고 싶었는지."

가끔 아이들을 훈육하면 남편은 나에게 잔소리를 한다.

"나보다 멋진 어른이 되었으면 하는 마음에 그런 거야…."

그럴 때면 나도 모르게 이렇게 대답하며 내 욕심을 슬그머니 드러내고야 만다.

태어난 뒤로 누워서 우유만 먹던 아이가 어느덧 유치원에 가고 초등학교를 거쳐서 이제는 중학교에 입학했다. 아무것도 해준 게 없는 것 같은데 혼자서 잘 자랐다. 키울 때는 더디게 흐르던 시간이 지나고 보니 세월이 되어 어느새 이렇게나 흘렀다.

딸에게 학원이 끝나면 문구점에 들러서 물건을 사다 달라고 부탁했다. 정확한 물건의 이름이 떠오르지 않아서 문구점 사장님에게 물어보면 알려줄 거라고 대충 설명했다. 그런데 아이는 내가 생각했던 것과 다른 걸 사 왔다.

나도 모르게 화가 나서 버럭 화를 냈다. 엄마를 위해서 문구점에 심부름을 다녀왔다는 고마움보다, '전화 한 통만 하지! 스마트폰은 정말 게임기로만 쓰나?'라는 생각이 먼저 밀려왔다. 직접 다시 문구점에 갔다. 사려던 물건은 우드록이었다. 아이는 하드보드지를 사 왔다.

순간 창피함이 몰려왔다. 문구점 사장님은 나와 아이에게 같은 듯하면서도 다른 설명을 들으셨다. 처음부터 직접 다녀올걸. 자세히 설명하지 못한 내 잘못인데 아이만 혼냈다. 다시 곰곰이 생각해보니 미안한 마음이 밀려왔다.

집으로 돌아와 아이 앞에서 괜히 시시콜콜한 이야기들을 길게 풀어냈다. 그리고 마지막에 "미안하다."라고 사과했다. 아이는 웃으며 내 손에 들린 종이를 본다.

"엄마가 말한 건 우드록이네. 다음에 살 때는 오늘처럼 마음에 드는 색깔의 우드록이 없으면 흰색 우드록 위에 색종이나 시트지를 붙여보면 좋을 것 같아."

"응, 그래! 우리 비도 오는데 오랜만에 수제비나 만들어서 먹을까? 너 밀가루 반죽하는 것 좋아하잖아?"

***

무더운 오늘 날씨와는 어울리지 않지만, 점심에 수제비를 만들어서 먹었다. 아이가 아침에 인터넷으로 <꼬마 요리사> 방송을 보더니 오늘 점심에는 수제비를 만

55

들자고 했다. "이렇게 더운데 수제비를?"이라고 말하면서도 결국 우리 셋은 열심히 수제비를 만들었다.

이사한 지 얼마 안 된 터라 저울을 못 찾아서 감으로 밀가루를 넣었다. 계란 한 알과 물 120ml 정도를 넣고 열심히 반죽을 만든 뒤에 30분 정도 냉장고에 넣어서 숙성시켰다. 숙성된 반죽을 보더니 아이들이 자기가 원하는 모양으로 수제비 반죽을 떼겠다고 해서 각자 접시를 주고 반죽을 덜어주었다.

냉동실에 있는 멸치와 대파로 육수를 만들고 감자, 호박, 양파, 팽이버섯, 대파를 썰어서 준비해뒀다. 아이들은 반죽 만들기에 열심이었다. 서로 맛있게 잘 만들겠다며 의지가 대단했다.

수제비 반죽을 육수에 넣고 소금과 후추로 간을 했다. 맑은 국물에 계란을 풀어 넣어서 완성했다. 내가 볼 때는 다 같은 반죽인데, 서로 자기가 만든 모양을 찾아내는 아이들이 신기했다. 무더운 날이었지만, 아이들과 엄마표 요리 교실도 열고 욕조에서 함께 물놀이도 했다. 오늘 저녁에는 또 어떤 요리를 할까?

— 2013년 7월 6일의 일기

이제 한여름에도 수제비 반죽을 주무르던 그때의 꼬마는 없다. 대신에 나와 같은 영화를 보고, 함께 책을 읽는 아이가 있다.

사랑스러운 우리 아가. 언제 이렇게 큰 거니? 키만 큰 게 아니라 마음도 많이 자랐구나. 오늘도 많이 사랑해.

딸

> "어렸을 때 엄마랑 집에서 밀가루 반죽을 만들면서 놀았다는데 잘 생각나지 않네. 그래도 사진을 보면 또 그랬던 것 같기도 하고… 사실 수제비보다는 칼국수를 자주 먹은 것 같아. 조개는 싫지만 바지락 칼국수는 맛있어."

| 감자볶음　　　　사랑을 담은 엄마의 맛

　　더위가 본격적으로 시작되는 6월은 감자가 맛있는 계절이다. 감자는 내가 좋아하는 채소 중 하나다. 갈비찜이나 닭볶음탕에 들어가는 감자는 주재료인 고기의 맛을 이기기도 한다. 양념과 함께 밥에 비벼서 먹으면 참 맛있다.

　　이렇게 맛있는 감자의 맛을 생각했더니 입에 침이 고였다. 아이들에게도 이 맛을 알려주었다.

　　아들은 갈비찜 속의 감자를 밥에 비벼 먹으며 고기보다 감자를 좋아하는 아이가 되었다. 그에 비해 딸은 고기를 더 좋아한다. 둘 다 내 아이지만, 신기하게 입맛이 다르다. 딸은 삶은 감자의 식감을 싫어해서 감자를 볶아서 준다. 아이러니

하게도 카레에 들어간 감자는 또 잘 먹는다.

내 어린 시절의 감자볶음은 감자와 양파를 가늘게 썰고 볶아서 밥상 위에 올라왔다. 조금 과장하면 눈처럼 하얗게 어느 곳 하나 타거나 눌어붙지 않은 감자볶음이었다. 포슬포슬하게 익은 감자는 적당히 부드러우면서도 짭짤했다.

나도 감자볶음을 만들지만, 그렇게 하얗고 깔끔하게 만들지는 못 한다. 아이들에게 양파와 감자를 볶아주니 감자는 먹고 양파는 남긴다. 다행히 두 아이 모두 감자볶음은 잘 먹는다.

어느 날 냉장고 구석에 있던 스팸을 감자와 비슷한 크기로 썰어서 볶아봤다. 양파 없이 감자와 스팸을 볶아서 밥상 위에 올렸더니 가족들이 여태까지 먹은 감자볶음 중에서 최고라고 칭찬했다. 우리 집의 소박한 인기 반찬이 되었다.

🍴

입맛이 특히 예민한 아이들이 있다. 같은 음식을 먹어도 타인이 못 느끼는 맛까지도 느낄 수 있다고 한다. 방송에 나온 사례를 보니 마치 우리 집을 이야기하는 것 같았다.

이유식 책에는 각종 영양소 정보와 요리법, 식사 습관 등 다양한 이야기가 있었지만, 이런 이야기는 없었다. 그전까지는 아이가 평소에 반찬 맛이 쓰다고 해도 편식은 안 된다는 생각에 한두 개는 꼭 먹였다. 그런데 이 이야기를 듣고 보니 머리를 한 대 맞은 것 같았다. 조금 더 섬세하게 아이를 있는 그대로 받아들이면 좋겠다는 생각에 나부터 달라지기로 했다.

누구나 살면서 입맛이 바뀐다. 좋아하던 것이 싫어지기도 하고 싫어하던 음식이 최고의 음식이 되기도 한다. 나도 어렸을 때는 편식이 심했지만, 어른이 된 지금은 대부분 잘 먹는다. 물론 여전히 싫어하고 안 먹는 음식도 있다.

냉장고 속의 감자를 꺼내어 썰면서 생각해본다. 아이들의 기억 속에 나는 어떤 엄마로 남을까? 먹기 싫은 음식들을 악착같이 먹이는 엄마일지, 아니면 사랑으로 맛있는 한 끼를 차려주는 엄마일지 궁금하다. 엄마가 처음이라 늘 서툴고 어렵지만, 모두 사랑이라고 생각해본다. 지금 요리하는 감자도 포슬포슬하게 맛있게 익을 것 같다.

딸

> "학교에서 급식으로 자주 나오는 감자는 사각거리고 싱거워서 맛이 없어. 그런데 집에서 엄마가 만들어주는 감자 요리는 간도 딱 맞고 식감도 좋아서 맛있어."

엄마가 처음이라 늘 서툴고 어렵지만,
모두 사랑이라고 생각해본다.

| 김치볶음　　　서로 이해하는 사이가 된
　　　　　　　　　　　우리만의 맛

친구네 집에서 식탁을 사이에 두고 친구랑 마주 보고 앉았다. 커피를 마시며 시계를 보니 오후 2시를 지나 3시가 다 되어간다. 보통 주부들은 그 시각쯤 되면 저녁 메뉴를 고민한다. 내가 먼저 말했다.

"오늘 저녁은 뭐 먹지?"
"나는 오늘 김치볶음 만들 거야. 애들도 잘 먹고, 남편도 늦게 들어온다고 해서 간단하게 먹으려고."

'내가 언제 김치볶음을 만들어본 적이 있나?' 기억을 되짚어봤다. 나는 아이들이 좋아하는 반찬 위주로 만든다. 아이들이 어렸을 때 유아식 책을 보니 김치를 물에 헹구고 볶으면 매운맛이 빠져서 아이들도 잘 먹는다고 해서 그렇게 만들어 주었다. 그런데 우리 아이들은 맛이 없는지 먹지를 않았다. 다시 고춧가루를 넣고 살짝 매콤하게 만들어서 남편과 내가 다 먹었다. 그 이후로는 김치볶음을 만든 적이 없다.

친구는 김치를 송송 썰어서 볼에 옮겨 담고 양념을 조물조물하며 무쳤다. 양념한 김치를 팬에 볶고 통깨를 뿌려서 완성했다. 친구가 김장김치를 나눠주어서 김치 맛은 이미 알고 있었다. 말로는 요리를 잘하지 못한다고 하면서도 뚝딱 만들어내는 걸 보면 신기하다. 맛을 보니 맛있다.

남편이랑 나도 맛보라고 김치볶음을 한 통 담아주었다. 맛있어서 요리법도 간단하게 적어왔다. 그날 저녁으로 아이들은 계란찜과 시금치나물, 어른들은 김치볶음을 먹었다.

다음 날에도 어제 남은 김치볶음으로 혼자서 점심을 해결했다. 오랜만에 먹는 김치볶음이라 맛있었다. 어제도 먹고, 오늘도 먹고. 다 먹고 나니 아쉬워서 나도 조금 다른 듯하면서도 같은 맛을 내는 김치볶음을 만들어봤다.

예전에는 간단한 반찬도 아이들이 안 먹으면 만들지 않

았다. 오로지 아이에게 맞추는 엄마였다. 아이에게 집중해야 한다고만 생각했다. 아이들을 잘 돌보기 위해 봤던 육아서는 오히려 나를 더 작게 만들었다. 남편은 남들과 나를 비교하지 말고 내 생각대로 육아하라고 했다.

이미 정답을 알고 있으면서도 계속 다른 걸 찾느라 힘들었다. 파랑새를 찾아 떠났던 동화 속의 주인공이 끝내 찾지 못해서 낙심하고 집으로 돌아와서 보니 우리 집 거실에 있던 새가 파랑새였던 것처럼, 나도 정답을 알면서 먼 길을 돌았다.

아이는 잘 자라고 있는데 괜히 불안했다. 나 자신을 사랑하지 못하면서 아이를 사랑하려니 힘들었다. 나만의 좋은 점이 있는데 아이는 내 나쁜 점만 보고 배우는 것 같았다. 내 마음이 온전하지 않은 상태에서 좋은 육아라는 허상을 꿈꾸는 것은 나를 더 힘들고 지치게 했다. 어쩌면 아이를 인형처럼 완벽하게 꾸미고 싶어 했는지도 모른다.

🍴

지금은 하루에도 몇 번씩 꿈이 바뀌는 둘째 아이와 자기가 원하는 꿈을 찾은 첫째 아이가 내 곁에 있다. 아이들은 스스로 좋아하는 것을 찾아가고 있다. 어느 날 큰아이가 내게 이렇게 말해주었다.

"엄마가 엄마로서 열심히 하는 건 좋지만 너무 엄마의 역할만 맡으려고 생각하지 않아도 될 것 같아. 어려운 일이지만, 엄마 자신을 조금 더 우선으로 생각해줘."

이제 시선을 내 안으로 돌리고 아이에게 바라던 것을 나에게도 조금씩 해준다. 책도 읽고, 인터넷 서핑도 하고, 공부도 한다. 신기하게도 무척 재밌다. 주 1회 그림 수업도 다녀봤다. 그림에는 정말 소질이 없지만, 기회가 되면 다시 다녀보고 싶다.

나는 아이들과 사이가 좋다. 나를 뒤로한 채 아이에게만 집착하고 내가 이루지 못한 꿈을 아이들에게 강요했다면 관계는 지금과 달랐을 것이다. 아이와 나는 서로 다른 개인이다.

중학교 2학년인 첫째 아이는 나와 편한 사이로 잘 지내고 있다. 아직은 사춘기로 나를 힘들게 하지 않는다. 이미 가볍게 지났을 수도 있고 늦게 찾아올 수도 있다. 그래도 유연하게 헤쳐나갈 거라고 믿는다. 무조건 엄마 말만 듣는 아기였던 시기는 이제 지나버렸다. 아이들이 자율적으로 자랄 수 있게 나도 늘 노력한다.

우리는 이제 조금씩 서로 이해하는 사이가 되었다. 김치를 먹지 않던 아이가 어느 날부터 김치볶음밥을 먹고 김치전을 먹는다.

 딸

"김치볶음은 그냥 느끼한 김치 느낌이라서 싫어. 그래도 김치볶음밥으로 먹으면 괜찮아."

| 멸치볶음

아이와 엄마가
함께 자라는 맛

나는 멸치볶음을 싫어한다. 아직도 편식하는 마흔 살 아줌마다. 그래도 아이들이 좋아해서 종종 만든다. 적어도 아이들에게는 편식하지 말고 골고루 먹으라고 말한다. 아이들이 채소를 안 먹으면 가끔 이런 말도 한다.

"채소도 먹어봐. 그래야 키도 크고 몸도 건강해지지."
"그럼 엄마도 멸치볶음 먹어. 칼슘이 많아서 먹어야 해."

식탁 위에 있는 멸치볶음을 보면서 아이가 말했다. 키 크는 음식 중 하나인 멸치. 다행히 아이들은 좋아한다. 아이들이 잘 먹으니 나도 조금은 먹는다. 그래도 멸치 특유의 비린 냄새는 싫다.

엄마가 멸치볶음이 맛있게 되었다고 반찬통 하나 가득 담아서 보내주셨다. 시간이 지나도 눅눅하지 않고 바삭했다. 비릿하지 않고 고소했다. 내가 먹어본 멸치볶음 중에서 이번에 만들어주신 게 제일 맛있다.

아이들이 멸치볶음을 좋아하는 터라 엄마는 가끔 멸치를 직접 볶아서 주시거나 사서 보내주신다. 다 먹고 나서도 멸치볶음을 더 먹고 싶어서 내가 직접 만들었더니 까맣게 탄 데다가 맛도 별로였다. 엄마의 멸치볶음과 절로 비교가 되었다. 아이들은 할머니가 만든 것처럼 타지 않고 바삭하게 만들어달라고 했다. 만들고 보니 바삭함은 어디 가도 빠지지 않는데, 전부 뭉쳐서 한 덩어리가 되었다. 반면에 엄마가 만들어주는 멸치볶음은 적당히 고슬고슬하다.

🍴

흰밥에 바로 볶은 멸치볶음을 넣고 조물조물 주물러서 주먹밥을 만들었다. 아이들이 지금보다 어렸을 때는 멸치볶음 주먹밥을 자주 먹었다. 고소하고 짭짤한 멸치볶음에 흰밥과 김가루를 뭉쳐서 주면 맛있다면서 서로 더 먹으려고 했다. 나는 이해하지 못하는 맛이었지만, 맛있다며 잘 먹었다.

추억을 떠올리며 오랜만에 멸치볶음 주먹밥을 만들었는데 그때만큼의 호응이 없다. 내 눈에는 계속 과거의 꼬마들 같은데, 어느새 주먹밥보다는 라면을 좋아하는 아이들로 자랐다. 우리 엄마는 지금도 나한테 "이거 먹어보고 저것도 먹어봐. 편식하지 말고 골고루 먹어라."라고 하신다. 마흔 살 딸을 보면서도 늘 걱정하시는 육십 대 우리 엄마다.

이 아이들도 내 눈에는 언제까지나 어리게만 보이지 않을까? 아이들이 편식해도 괜찮고 라면을 먹어도 괜찮다. 다 괜찮다. 그냥 아프지 말고 씩씩하게 자랐으면 한다.

너희들이 자라면서 부족했던 나도 많이 자랐어.

딸

"짜고 고소해서 맛있어. 나 어렸을 때 되게 좋아했잖아. 유치원 다닐 때랑 초등학교 1~2학년 때까지 말이야. 그런데 크면서 생선 머리라고 생각하니까 싫어졌어. 멸치랑 눈이 마주치고 나서부터는 멸치에 손이 안 가."

| 마라탕

딸과 나를 한층 더
친해지게 해준 맛

"엄마, 마라탕이 맛있는 음식이야?"

"아직 안 먹어봤어. 향신료가 강해서 먹기 어렵지 않을까? 사람마다 호불호가 심한 것 같더라."

딸은 가끔 나에게 마라탕이 맛있는지 물어본다. 한번 먹어볼까 싶었지만, 딸과 나는 음식을 가리는 편이라 둘 다 쉽게 도전하지 못했다.

우리 딸은 양고기 꼬치를 먹을 때도 양념을 하지 않아야 먹을 수 있을 정도로 매운 것을 잘 못 먹는 아이라 새빨간 마라탕은 사실 식사 메뉴로 아예 생각해본 적이 없다.

그래도 딸은 자기가 매운 것을 못 먹는다고 생각하지 않고 본인이 먹을 수 있는 것과 못 먹는 것이라는 기준으로 메뉴를 선정한다. 그 덕분에 요즘은 처음 먹어보는 음식들이 조금씩 늘어나는 중이다.

남편과 아들이 낚시하러 간 날, 집에 남아있던 우리는 오늘 저녁 메뉴를 상의했다.

"엄마, 우리 마라탕 먹자. 오늘은 내가 살게."

집 근처에 있는 마라탕 가게를 검색하다가 혹시 매울까 싶어서 포기했다. 냉동실에 있는 떡으로 떡볶이를 만들어 먹으려는데 딸이 말했다.

"엄마, 우리 그냥 먹어보자. 맛없으면 다음에는 안 먹으면 되지."

정말 먹어보고 싶었나 보다. 마라탕 1인분에 소고기와 당면을 추가해서 배달시켰다. 메뉴를 고민하다 보니 저녁 시간이 훌쩍 지났다. 오늘은 아이와 나 둘 다 집 밖으로 나가고 싶지 않았다.

토요일 저녁인데도 배달이 빨랐다. 처음 마라탕을 먹어보니 우선 1인분의 양이 엄청 많다는 사실에 놀랐다. 고기와 채소를 먼저 건져 먹었다. 생각보다 향이 아주 강하지는 않아서 괜찮았다. 동네 배달 앱에서도 이 가게의 평이 좋았다.

처음 먹는데 낯설면서도 뭔가 익숙한 맛이었다. 맛이 진하고 강하면서 얼큰했다. 둘 다 매운 걸 잘 못 먹어서 매운맛 1단계로 주문했는데도 매웠다. 아마 매워질수록 향도 강할 것 같다는 생각이 들었다.

마라탕의 첫 느낌은 빨간 샤부샤부처럼 보였다. 새빨간 국물에 고기와 채소, 당면 등을 넣고 끓인 전골 같았다. 국물은 진하고 기름진 맛이다. 마라 특유의 향이 코끝에 살짝 느껴진다. 아이는 맵다면서도 이것저것 골라서 잘 먹는다. 다음에는 둘이서 식당에 가서 먹어보기로 했다. 세월이 지날수록 음식 취향이 비슷해진다.

이렇게 모녀의 첫 마라탕 도전은 성공으로 끝났다. 요즘 아이들 사이에서는 마라탕이 꽤 인기가 있는 듯했다. 딸은 이후에도 몇 번이나 마라탕 이야기를 했고 친구들이랑 식당에 가서 먹기도 했다.

이제는 아이가 먹고 싶은 음식을 말하면 내 취향이 아니더라도 함께 한 번은 먹어볼 생각이다. 인터넷에서도 마라탕이 중·고등학생과 대학생들 사이에서 인기가 있다는 기사를 읽은 적이 있다. 당시에는 '마라탕은 어떤 이유로 인기가 있을까?'라는 생각만 하고 우리 아이가 좋아하리라는 생각을 미처 하지 못했다.

그래도 언제나 아기 같던 우리 아이도 트렌드를 좋아하는 아이로 잘 자라고 있다. 언젠가는 나도 한 걸음 뒤로 물러서서 조용히 아이를 응원하게 될 날을 맞이할 것이다. 내 흰머리가 늘어날수록 아이는 더 밝게 빛난다. 어느새 나보다 키가 더 자란 아이를 신기해서 자꾸 바라보게 된다.

우리, 앞으로도 친하게 잘 지내자!

남편

"향신료가 들어간 매운맛이라 별로야. 왜 인기 있는 음식인지 모르겠어. 그냥 자기랑 애들이 맛있다고 하니까 먹어본 거고, 내가 직접 나 혼자서 사 먹는 일은 없을 것 같아. 사실 나는 샤부샤부도 별로 안 좋아하잖아. 마라탕은 일종의 중국식 김치찌개 같아. 우리가 김치찌개를 좋아하는 것처럼 중국에서도 마라탕을 많이 먹을까? 아무튼 나는 별로야."

내 흰머리가 늘어날수록 아이는 더 밝게 빛난다.
어느새 나보다 키가 더 자란 아이를
신기해서 자꾸 바라보게 된다.

| 미역국

싫어하지만 적응 중인 맛

미역의 바다 내음이 싫다.

지금은 모든 학교에 급식실이 있지만, 내가 학교에 다닐 때는 대부분 도시락을 직접 싸서 다녔다. 중학교 시절에 배달형 급식이 처음 생겼다. 신청하는 사람만 먹는 방식이었다. 엄마를 졸라서 나도 급식을 신청했다. 그런데 급식에 나오는 미역국은 정말 미역만 들어있어서 아이들이 바닷물을 떠 왔다며 먹지 않았다.

게다가 따뜻하게 조리했는데도 배달이라 국과 밥이 식어서 왔다. 미역국이나 생선류의 음식은 식으면 비려서 내 입에 맞지 않았다. 결국 다시 도시락을 싸서 다니기로 했다. 그렇게 나는 급식 이후로 미역국을 더 싫어하게 되었다.

"오늘 미역국은 정말 별로였어! 나 원래 미역국 좋아하잖아. 그런 나도 별로였으니 엄마는 아예 못 먹었을 거야! 차라리 도시락이 좋겠어."

이십 년이 넘은 지금도 아이들의 말을 들어보면 급식 미역국은 어느 날은 맛있고 어느 날은 바닷물이라고 한다. 시간이 지나도 비슷한 듯하다. 가끔 아이들이 도시락을 싸서 다니고 싶다고 이야기한다. 그러나 나는 지금의 급식에 만족하는 학부모가 되었다. 도시락은 아이들 소풍날이나 야외 학습 때 준비해볼 예정이다.

🍴

이런 나도 미역국을 먹는 날이 있다. 일 년에 딱 한 번씩 돌아오는 생일날이다. 지역마다 요리법이 다른 것처럼, 미역국 끓이는 법도 다르다. 통영은 주로 생선이나 조개가 들어간 미역국을 먹는데, 그래서 미역국을 더 싫어하게 되었다. 생일에는 엄마가 나를 위해서 소고기미역국을 만들어주셨지만 그래도 싫었다. 생일에 미역국을 먹어야 복을 많이 받는다는 엄마와 할머니의 성화에 겨우 생일 때만 미역국을 입에 댔다.

싫어하는 미역국을 피하지 못한 시기가 또 있었다. 우리 나라는 출산 후의 몸조리를 중요하게 여긴다. 그래서 출산 후 에는 매끼 밥상 위에 미역국이 빠지지 않는다. 나는 그 기간 동안 먹은 미역국이 그전까지 평생 먹은 미역국보다 훨씬 많 았다. 소고기미역국, 들깨미역국, 감자미역국 등 정말 많은 미 역국을 먹었다.

그렇게 많이 먹어서인지 첫아이는 미역국을 좋아한다. 둘 째도 싫어하지 않는다. 나보다 아이들이 잘 먹는 음식 중 하 나가 미역국이다.

물론 미역국을 싫어하는 건 어디까지나 나만의 취향이다. 내가 사랑하는 두 사람은 미역국 마니아다. 딸과 남편은 미역 국을 좋아해서 평소에도 자주 끓이게 되었다.

결혼 전에는 일 년에 한 번이나 먹을까 하던 미역국을 지 금은 자주 먹는다. 싫어하지만 먹다 보니 또 먹게 된다. 직접 내 손으로 만들어서 먹고 싶으면 먹고, 먹기 싫은 날은 안 먹 는다. 직접 만들어보니 거부감이 많이 사라졌다. 그래도 아직 도 선뜻 먹고 싶지는 않다. 편식을 고치기가 어렵다.

"미역국은 맛있어서 좋아하는 음식이야! 하지만 두꺼운 미역
보다는 얇은 미역을 조금씩 먹으면 더 맛있어. 미역국에 밥을
말아서 먹으면 편하고 좋아. 저번에 제주도에서 먹었던 성게미
역국도 진짜 맛있었어. 생각하니까 또 먹고 싶다."

| 파스타

자기 생각을 올바르게
표현하는 아이로
자라나는 맛

"크림 스파게티 먹고 싶어."

"크림 스파게티…. 싫은데."

두 아이가 먹고 싶은 게 다를 때면 고민이 된다. 두 아이 모두를 만족시키려다가는 오히려 역효과가 난다. 이럴 때는 할 수만 있다면 각각 먹고 싶은 것을 따로 만들어준다. 물론 매번 그러지는 못한다.

아들은 까르보나라를 좋아한다. 우유와 크림으로 직접 만들어주는 소스보다는 마트에서 파는 소스를 더 좋아한다. 집에서 만드는 것보다 더 자극적인 맛이 나서 그런 것 같다.

베이컨과 양파, 버섯을 넣으면 파스타 가게에서 먹는 맛과 똑같다. 어떤 날은 훨씬 더 맛있을 때도 있다.

딸은 까르보나라를 느끼해서 싫어했지만, 조금씩 먹어보더니 이제는 좋아한다. 그러다 우연한 기회에 오일 파스타를 알고 나서 정확한 자기 취향을 찾았다. 생각지도 못한 메뉴다. 나는 '파스타' 하면 크림이나 토마토 정도를 떠올린다.

내가 만드는 오일 파스타는 간단하다. 기본적인 부분은 까르보나라랑 똑같다. 다만 크림 대신 올리브오일이 들어간다는 점이 다르다. 페페론치노를 몇 개 넣으면 오일의 느끼함이 줄어들면서 살짝 매콤해져서 더 맛있어진다. 오늘은 조금 피곤했지만 두 파스타를 동시에 만들어주었다.

🍴

나는 아이들이 어렸을 때부터 자기 생각을 자유롭게 표현할 수 있는 아이로 키우고 싶었다. 그 시작이 메뉴의 선택이다. 여러 명이 모여서 식사할 때면 선뜻 메뉴를 정하지 못하고 "아무거나 다 좋아요."라고 말하는 어른이 많다. 물론 나도 '아무거나'를 좋아하는 사람 중 한 명이다. 특별하게 싫어하는 음식이 아니라면 웬만하면 주변 사람의 취향에 맞춘다.

내가 어렸을 때는 "아무거나 다 좋아요."라고 하는 사람을 배려심이 넘치고 착한 사람이라고 여겼다. 그러나 실제로 살아가면서 직접 느끼고 배워보니 때로는 그렇지 않다는 것을 알았다. 자꾸 맞춰주면 결국 나보다 주변에 맞추기만 하는 배경 같은 사람이 될 수도 있다. 아니면 나로서는 배려이자 선의로 그렇게 말했더라도 받아들이는 상대방이 오히려 나를 쉽고 만만한 사람으로 대하기도 한다. 혹은 내가 목소리를 내어도 쉽게 묻혀버리는 경우도 생긴다.

이제는 안다. 언제 어디서나 항상 좋은 사람일 필요는 없다.

오늘도 아들은 까르보나라, 나는 로제 파스타, 딸은 오일 파스타를 본인의 취향대로 주문한다. 눈치 보지 않고 생각하며 행동하는 너희 둘을 사랑해. 앞으로도 지금처럼 자라줘!

아들

"엄마랑 둘이서 브런치 카페에서 파스타를 먹었던 기억이 나. 나는 크림 파스타는 좋아하는데 토마토소스는 새콤해서 싫어."

| 배추김치

올해도 만들고 싶고
먹고 싶은 맛

집 근처 텃밭에서 기른 무와 배추는 작지만 단단하다. 고추를 하나씩 따서 햇볕과 건조기로 말려서 고춧가루를 만든다. 그렇게 수확하고 다듬은 농작물을 생산자에게서 직접 산다. 요즘 인기 있는 생산자 직거래다.

"이건 다 농약 안 친 거지?"라고 물었다. 잠시 뜸을 들이던 늦깎이 농부 아빠가 "농약을 아예 안 치면 농작물을 수확할 수가 없어서 조금만 쳤어. 농약을 안 치고 농사짓는 건 보통 일이 아니야."라고 하신다. 농부의 넋두리다.

옆에서 듣던 엄마도 "이 중에서 큰 배추는 농협에서 사온 거야."라고 하신다. 어쩐지 배추 크기가 고르지 않고 작은 배추와 큰 배추가 섞여서 들쭉날쭉하다. 엄마와 아빠는 처음으로 농사를 짓는 늦깎이 초보 농부다.

부모님과 나, 남편까지 네 명이 모여서 김장을 한다. 나는 손이 서툰 것 같은데 엄마는 잘한다며 계속 칭찬해주신다. 내 의견을 많이 반영해서 김치 양념을 만든다. 엄마는 일을 시킬 줄 안다. 자꾸 잘한다고 칭찬해주니 '조금 도와드리고 김치 얻어와야지!' 하고 가볍게 시작했지만, 어느새 나도 모르게 김장하는 데 집중하게 되었다.

고된 김장이 끝나고 돼지고기를 삶았다. 야들야들하게 잘 익었다. 갓 담근 김장김치에 수육을 올려서 먹으니 맛이 끝내준다. 맥주도 한 잔씩 마셨다. 김치를 싫어하는 아이들은 고기를 맛있게 먹었다.

부모님이 만들어서 택배로 보내주시는 김장김치를 받기만 할 때는 몰랐다. 엄마 혼자서 하기에는 많은 양이다. 아빠가 도왔다고 해도 만만치 않았을 것이다. 조금만 만들어도 김치냉장고 하나를 가득 채우니, 결코 적은 양이 아니다.

엄마는 김치를 담글 때 많이 담그지 말고 부족하면 사 먹자는 주의라 다른 집들처럼 100포기씩 김치를 담그지는 않는다. 나도 그냥 사서 먹자고 말하면서도 김치를 주시면 매번 받았다. 괜찮다고 하면서도 주시면 거절하지 않았다.

그런데 김장을 직접 해보고 나니 신기하게도 배추김치를 대하는 나의 태도가 달라졌다. 김치 한 포기, 아니, 배춧잎 한 줄기도 소중하다. 꽁다리를 스스럼없이 버리던 내가 아주 조금만 잘라서 버리게 되었다. 그러다 오늘은 김치찌개를 끓이면서 김치 꽁다리를 가위로 송송 잘라서 다 넣었다. 남편은 예전부터 먹는 부분이라고 했지만 나는 계속 버려왔는데, 이제 마음을 바꿨다.

🍴

사람은 무엇이든 직접 경험해보지 않으면 그 가치를 모른다. 김치를 사 먹을 때는 별로 대수롭지 않게 여겼던 꽁다리 부분이 이제는 귀하게 여겨진다. 돈을 주고 사면서도 귀한 줄을 몰랐다. 먹을 생각은 아예 해보지도 않았다.

처음 해본 김장은 나에게 많은 생각거리를 주었다. 남들은 매년 하는 김장이라 이제는 지겨워서 안 하고 싶다고 하지만, 나는 적어도 당분간은 계속하고 싶다. 김장김치에는 나와 부모님의 시간과 노력이 담겨있어서 귀하고 또 귀하다.

언제나 항상 함께할 것 같아도, 함께하는 시간이 지금도 줄어들고 있다는 걸 우리는 안다. 아무리 아끼고 아껴 먹어도 어느 순간 텅 비어버리는 김치통의 김치처럼 말이다.

딸

"유치원에서 김장 체험했던 게 생각난다. 나는 만들기만 하고 안 먹었어. 그런데 왜 유치원에서는 항상 깍두기만 담갔는지 궁금해! 그리고 그냥 조금씩 사 먹어도 될 것 같은데, 엄마는 김치를 왜 담글까?"

언제나 항상 함께할 것 같아도, 함께하는 시간이
지금도 줄어들고 있다는 걸 우리는 안다.
아무리 아끼고 아껴 먹어도 어느 순간 텅 비어버리는
김치통의 김치처럼 말이다.

| 떡볶이

서로 다른 학창 시절
추억의 맛

"세상에! 저 떡볶이 가게가 아직도 있네!"

어느 날 TV 방송에서 내가 국민학교 시절에 다니던 떡볶이 가게를 우연히 만났다. 얼른 자세를 고쳐 앉고 볼륨을 높였다. 달콤하면서도 약간은 매콤한 학교 앞 떡볶이. 나와 비슷한 나이대라면 대략 어떤 맛인지 상상할 수 있을 것이다.

요즘 유행하는 국물 떡볶이와는 많은 면에서 다르다. 주문을 받으면 바로 끓이는 것이 아니라 큰 프라이팬 같은 곳에 계속 끓이면서 주문을 받은 양만큼 덜어준다. 어느 날은 국물이 많고 어떤 날은 적당히 졸여진 학교 앞 떡볶이. 국민학생이었던 내가 두 아이의 엄마가 될 정도의 세월이 흘렀는데 아직도 그 자리에서 장사를 하신다니 신기했다. 다음에 본가에 내려가면 꼭 떡볶이를 먹으러 가야겠다고 다짐했다.

아파트 장터에서 사 온 떡볶이를 먹으면서 아이에게 학창 시절 학교 앞 떡볶이 가게를 TV 방송에서 봤다고 이야기했다. 아이가 다음에 같이 먹어보자고 한다. 나는 그 약속을 지킬 생각이다.

우리 아이가 다니는 학교 앞에는 이런 분식점이 없고, 편의점과 프랜차이즈 떡볶이 전문점, 커피숍이 있다. 내가 어렸을 때는 500원이나 1,000원만 있어도 떡볶이를 배부르게 먹을 수 있었다.

🍴

"엄마, 나 학창 시절에 떡볶이 사 먹던 가게가 TV 방송에 나왔어."

본가에 내려가서 이야기했더니 엄마도 이미 알고 있던 눈치다.

"궁금하면 한번 가보든지."

옷을 챙겨 입고 집을 나섰다. 점심시간이 지난 평일 오후라 가게 안은 한산했다. 떡볶이를 주문하고 사장님께 말을 걸었다.

"TV 방송에서 이 가게가 나온 걸 봤어요."

방송을 보고 온 관광객이라 생각하셨는지 그냥 웃으신다.

"저 학교 다닐 때 여기 많이 왔어요. 아직도 장사하셔서 신기해요."

"늘그막에 방송에 나왔지. 그러고 보니 얼굴이 낯익은 것 같기도 하네. 지금은 어디 살아? 결혼은 했고?"

사장님도 나이가 드셨구나. 예전에는 이렇게까지 친절하시지는 않았다. 그냥 목청이 크고 무뚝뚝한 아줌마였다.

당시 어렸던 나와 친구는 그게 조금 불만이었다. 국민학교를 졸업하고 나서는 그 앞을 지나다닐 일이 거의 없었다. 중·고등학교는 반대 방향에 있어서 일부러 찾아가지 않았다.

만약 그때 조금만 더 친절하셨더라면 자주 갔을지도 모른다. 집에서는 멀지 않았으니까. 그때는 학교 앞에 왜 그렇게도 떡볶이 가게가 많았는지 모르겠다. 국민학교를 졸업하고 나서는 자연스럽게 새로운 떡볶이 가게에 다녔다.

딸은 내가 포장해온 그 가게의 떡볶이를 조금 먹어보더니 "옛날 맛이네."라고 한다. 요즘은 국물 떡볶이가 대세라 이런 떡볶이는 몇 번 먹어본 적도 없으면서 말이다. 아이는 기대를 많이 했던 것 같다. 나도 '원래 이런 맛이었나?'라는 생각이 잠시 들었다. 내 입맛이 바뀐 것인지, 떡볶이 맛이 바뀐 것인지 모르겠다.

남은 떡볶이는 내가 다 먹었다. 그래도 아주머니가 앞으로도 오래 장사하셨으면 좋겠다. 장소가 사라져도 내 추억은 그대로일 것이다. 이게 추억의 맛인가 싶다.

이 글을 쓰던 중에 친구의 인스타그램에 그 떡볶이 가게 사진이 올라왔다. 나처럼 이 가게를 아직도 좋아하는 친구들이 있다. 예전처럼 자주 가지는 않지만. 이번에는 딸 대신 남편이랑 같이 가서 먹어야겠다. 남편도 학창 시절에 학교 앞에서 떡볶이를 즐겨 먹었을까?

딸

"떡볶이를 좋아하긴 하는데, 꾸덕꾸덕한 옛날 떡볶이보다는 국물이 있는 떡볶이가 더 좋아. 그리고 어묵은 싫고 떡만 있는 스타일이 좋더라. 떡볶이는 친구들이랑 처음 외식해본 메뉴라서 더 기억에 남고 지금도 좋아하는 음식이야."

| 콩나물

오늘도 아이와 나를
자라게 하는 맛

"콩나물을 깜박했네. 다시 돌아가서 사 와야 하나?"

"내가 가져올게."

"그러면 국산 콩으로 된 콩나물 가져와. 계산대 앞에 서 있을게."

마트에 장을 보러 가서 아이와 나눈 대화다. 아이는 곧 국산 콩 100%짜리 콩나물을 들고 왔다.

"엄마, 이 제품은 다른 거보다 훨씬 비싸더라."

"원래 국산 콩으로 만든 제품은 비싸. 그래도 콩이 들어가는 건 비싸더라도 국산 콩 제품을 사야지 몸에 좋아!"

집에 와서 장바구니를 정리하다가 웃음이 나왔다. 오늘 산 콩나물의 유통기한이 내일까지였기 때문이다. 일반적으로 콩나물을 사면 일주일 정도 유통기한의 여유가 있다. 내가 국산 콩만 강조하고 다른 말은 안 해서 아이가 이 부분까지는 확인하지 못하고 그냥 가져온 것이다.

생각해보니 아이에게 제대로 장을 보는 방법을 알려주지 않았다. 라면이나 우유를 사 오라는 심부름은 시켰어도, 나중에 크면 알아서 잘하리라고 생각했다.

가끔 나와 남편도 장을 볼 때 꼼꼼하게 확인하지 못한다. 그런 날은 계획했던 메뉴가 아니라 유통기한이 임박한 재료로 음식을 만든다. 그래서 오늘 저녁도 콩나물국과 콩나물무침을 만들었다. 콩나물의 유통기한이 다 되기 전에 오늘 저녁에 처리한 것이다. 사실 유통기한은 상품이 유통되는 기간이고 소비기한이 아니므로 유통기한이 살짝 지난 식품을 먹어도 문제가 생기지 않는다는 것은 알고 있지만, 막상 콩나물의 포장을 벗기니 어서 먹지 않으면 안 될 것 같다는 느낌이 들었다. 주부라면 봉지에서 콩나물을 막 꺼냈을 때의 그 느낌을 다 알고 있을 것이다.

살림이라는 건 하루아침에 느는 게 아니다. 나는 살림이나 육아를 다 글로 배웠다. 인터넷 자료, 각종 SNS상의 정보, 책이 나를 많이 도왔다. 남들보다 일찍 결혼하기도 했고 대학생이었다가 결혼 생활을 곧바로 시작해서 살림과 육아를 제대로 배울 시간이 없었다.

가끔 남편은 아무것도 못 하는 나를 보며 신기해했다. 우리 엄마는 집안일을 잘하셨지만, 나에게는 집안일을 시키지 않았다. 지금도 나는 본가에 가면 엄마가 해주는 밥을 먹고 어쩌다 컵이나 몇 개 씻고 오는 게 전부다. 엄마는 할 수 있을 때까지는 본인이 하고 싶어 하신다.

그래서인지 나도 우리 아이에게 집안일을 시키거나 가르치지 않았다. 그런데도 아이는 깨끗한 컵이 없으면 스스로 설거지를 하고 방이 지저분하면 알아서 청소기를 돌린다. 능력의 차이는 있을지언정 누구나 시간이 지나면 어느 정도는 집안일을 다 할 수 있다. 빼어난 재능은 없더라도 우리는 이미 잘하고 있다. 아이는 늘 조금씩 자란다.

내친김에 오늘은 아이에게 제대로 장을 보는 방법을 알려주기로 했다.

1. 채소는 흙이 묻은 것을 산다.

2. 원산지를 확인해서 가격이 조금 비싸더라도 국산을 산다.

3. 같은 국산 제품이면 조금 저렴한 것을 산다.

4. 모든 제품은 유통기한을 꼭 확인한다.

5. 콩이 들어가는 제품은 무조건 국산 콩으로 만든 제품을 산다.

아이에게 몇 가지 핵심적인 내용만 이야기했다. 가만히 듣던 아이가 고개를 끄덕인다. 간혹 '엄마가 있는데 내가 알아야 하는 거야?'라는 표정을 짓기도 한다.

여기에 더해서 아이에게 전기밥솥으로 밥을 짓는 방법과 간단하게 설거지하는 법도 알려주었다. 그랬더니 어느새 가끔 혼자 볶음밥도 만들어 먹고 엄마가 없을 때는 동생이랑 둘이서 밥도 알아서 챙겨 먹는다. 또 어떤 날은 집에 혼자 있겠다고 해서 나를 따라다니는 날이 줄었다. 아이는 이렇게 커 간다.

아들

"콩나물은 신기해. 다른 채소는 아삭거리는 식감이 싫은데, 콩나물은 아삭아삭해서 오히려 맛있어."

95

| 부추전

내가 사랑하는
우리 엄마의 맛

바삭한 부추전은 엄마의 단골 음식 중 하나다. 본가에 가면 엄마가 차려주시는 밥상에서 늘 빠지지 않는 음식이다. 엄마는 부추전—통영에서는 '찌짐'이라고 부른다—을 만들 때 항상 홍합을 넣으신다.

해산물을 좋아하지 않는 나지만 엄마가 만들어주시는 부추전은 참 맛있다. 그래서 집에 돌아올 때는 남은 반죽을 챙겨온다. 다 먹으면 아예 새로 만들어주신다. 특별한 음식도 아닌데 내가 부추전을 만들면 신기하게도 그 맛이 안 난다.

오늘 저녁 메뉴는 부추전이다. 자주 가는 마트에 홍합살이 없어서 대신 오징어를 샀다. 아들과 남편은 오징어를 좋아한다. 홍합은 엄마표 부추전에 빠지지 않고 들어가는 재료다.

반죽부터 만들었는데 농도를 맞추기가 어려웠다. 생각보다 질어서 가루를 더 넣으면 금세 퍽퍽해지고, 그렇다고 해서 물을 더 넣으면 질어져서 몇 번을 시도한 끝에 적당한 농도를 찾았다. 엄마의 반죽은 내 반죽보다 훨씬 묽다. 그래도 나로서는 지금 이 상태가 최선이다.

부추전 반죽을 두 종류로 나눴다. 딸은 오징어를 싫어해서 부추와 양파, 애호박만 넣고 얇게 부쳐준다. 아들은 오징어를 좋아해서 많이 넣었다. 결국 남자들은 오징어 부추전, 여자들은 채소 부추전으로 취향이 나뉘었다.

오징어를 집어 드는 그 순간부터 엄마의 부추전과는 다른 음식이 된다는 걸 안다. 우리 아이들에게는 지금 먹는 부추전이 엄마의 부추전으로 기억될 것이다.

🍴

예전의 나는 가끔 엄마를 이해하지 못했다. 고작 한 끼를 먹는 건데 간단하게 사서 먹으면 될 것을 왜 힘들게 굳이 직접 요리를 만드시는지 이해하기 어려웠다. 엄마는 어린아이들을 데리고 식당에 가면 다른 사람들 눈치를 보느라 편하게 못 먹는다고 하셨다. 자주 있는 일도 아니고 어쩌다 한 번이니 그냥 맛있게 먹으라면서 항상 직접 밥을 해주셨다. 이제는 나도 두 아이의 엄마가 되었지만, 아직도 우리 엄마는 우리가 본가에 놀러 가면 혹시라도 내가 돈을 쓸까 봐 오랜만이라는 핑계를 대며 외식보다 집밥을 준비해주신다.

엄마를 생각하다 외할머니 생각도 났다. 우리 아이들이 유치원에 다닐 때 할머니 집에 갔더니 여든에 가까운 할머니가 직접 밥을 차려주셨다. "내 집에 온 손님인데 이 정도는 괜찮다. 더 나이 들면 이것도 못 한다."라며 한사코 외식을 거절하셨다. 그리고 나에게는 "너는 아직도 편식하면 어쩌냐?"라며 걱정도 덧붙이셨다.

나도 애가 둘이나 있는 아줌마였지만, 할머니의 눈에는 그저 어린 손녀일 뿐이었다.

할머니는 나에게 엄마를 보내주셨다. 엄마는 할머니를 많이 닮았다. 키가 작고 마른 편인 생김새. 나도 엄마를 닮았다. 마른 편은 아니지만 어디를 가든 누구나 내가 엄마의 딸인 걸 알고 엄마는 할머니의 딸인 걸 안다.

거울 속에 비치는 지금의 나는 내가 좋아하던 삼십 대의 우리 엄마를 닮았다. 오늘따라 엄마가 보고 싶다.

엄마, 함께 오래 살아요. 내가 잘할게요. 아프지 말고 건강해요. 많이 사랑해요.

남편

"비 오는 날이면 주로 전이 생각나지. 사실 나는 해물파전을 좋아해. 어렸을 때는 엄마가 오징어를 넣고 부쳐주시던 김치전도 좋아했어. 생각해보니까 나는 웬만한 부침개는 다 좋아하는 것 같아."

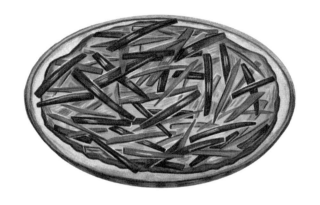

엄마, 함께 오래 살아요. 내가 잘할게요.
아프지 말고 건강해요. 많이 사랑해요.

| 미나리

각자의 자리에서
비로소 빛나는 맛

"미나리랑 삼겹살 먹고 싶다!"

올해도 어김없이 미나리 철이 돌아왔다. 제철인 봄에 먹어야 특히 맛있다는 이야기가 방송에서 자주 나온다. 온라인 쇼핑몰이나 각종 SNS에서도 미나리 이야기가 많다. 나도 몇 년 전에 한 번 먹어본 이후로 3~4월이 되면 몸으로 먼저 안다. 이 시기에는 상추나 깻잎보다 미나리가 더 맛있다.

어느 주말, 친구에게서 연락이 왔다.

"미나리 삼겹살 먹으러 갈래?"

"미나리?"

"응. 요즘 TV 방송에 자주 나오잖아. 근처에 있는 미나리 농장에서 며칠만 삼겹살을 같이 판대. 집에서도 가까워."

"얼마나 걸려?"

"차로 15~20분 정도? 한번 가볼까?"

"그래, 좋아! 가자!"

🍴

"주변에서 우리 농장도 미나리 삼겹살 가게를 운영하면 좋겠다고 해서 올해 처음으로 해보는 거예요. 잘 왔어요."

삼겹살과 미나리. 살면서 처음 보는 생소한 조합이다.

삼겹살을 굽고 있으면 농장 사모님이 미나리무침과 미나리전을 만들어주신다. 미나리와 상추, 깻잎 등 기본 채소들은 마음대로 챙겨다가 먹으면 된다. 나는 삼겹살에 미나리를 먹어보는 게 처음이라 설레며 고기가 어서 익기를 기다렸다.

미나리는 향으로 먹는 채소다. 생으로 먹기도 하고 불판에 구워 먹기도 한다. 구우면 생으로 먹을 때보다는 향이 덜하지만, 식감은 한결 좋아진다. 전골이나 찌개에 들어간 미나리와는 또 다른 맛이 난다.

이곳은 식당이 아니라 농장이라 삼겹살을 매일 주문받은 양만 예약제로 판매한다.

"내가 못 온다고 했으면 너만 오려고 했던 거야?"

"혹시나 너 안 된다고 하면 ○○이, 또 ○○이도 안 되면 □□이랑 오려고 했지~"

미나리 위에 잘 구워진 삼겹살을 올려서 쌈을 싸던 친구가 대답했다. 나름대로 계획이 있었다. 만약 모두 거절한다면 본인 가족만 오려고 했는데, 내가 한 번에 승낙했다고 한다.

몸만 오라고 해서 그냥 왔는데, 막상 친구는 함께 먹을 김치까지 종류별로 챙겨 왔다. 먹다 보니 삼겹살집에서 먹는 것 같았다. 그러나 고개를 살짝만 돌리면 보이는 미나리 농장이라는 새로운 공간이 평범한 음식을 특별하게 만들어주었다. 흔하게 볼 수 있는 비닐하우스 안에 평상을 놓고 미나리 삼겹살을 구워 먹는다.

미나리를 추가로 사고 싶으면 농장에서 직접 뽑아서 저울에 무게를 달고 계산하면 된다. 우리 집 어린이들은 한쪽에서 풀을 뽑거나 흙 놀이를 하며 농장 체험을 즐긴다.

지금도 따스한 봄에 즐겼던 그때의 미나리 농장 나들이
가 가끔 생각난다.

결혼하고 나보다 아이가 우선인 삶을 살았다. 새로운 사
람을 사귀더라도 주로 아이를 통해서 연결된 인연들을 만났
다. 내 스마트폰 전화번호부에도 아이 친구 엄마가 대부분이
던 시절이 있었다. 친구에게 전화를 걸면서도 '무슨 말을 해
야 할까?'를 고민하다가 가끔 쓸쓸한 감정을 느끼기도 했다.
온전한 나는 없고 두 아이의 엄마로만 살았다.

지금은 '그때 아이를 업고서라도 책을 좀 읽을걸! 공부라
도 좀 할걸!'이라는 생각이 든다. 아이들이 많이 크니 점차 나
를 위한 시간이 생겨서 이제 책도 읽고 글도 쓴다. 온전하
지는 않지만 나를 위해서 쓸 수 있는 나만의 시간이 생겼다.

오늘은 친구에게 전화를 걸어야겠다. 서로 각자의 자리에
서 엄마로, 아내로, 나로 오늘도 바쁜 하루를 사는 우리를 더
소중하게 챙겨야겠다.

미나리와 친구들에 대한 그리움이 옅어진 어느 일요일,
남편이 구이용 목살과 미나리를 식탁 위에 올린다. 일전에 지
나가듯 이야기했는데 기억해서 챙겨주는 남편이 고맙다.

"지금은 김밥에 주로 시금치를 넣지만, 내가 어렸을 때는 학교 소풍날에 가져가는 김밥 속에 항상 미나리가 들어있었어."

| 계란말이

어제보다 더 나은
오늘의 맛

파와 당근을 넣은 계란말이가 좋다. 계란말이는 계란 외에 아무것도 넣지 않아도 도톰하게 만들어서 밥상 위에 올리면 그것만으로도 일품요리가 된다.

내 인생에서 계란말이는 주로 술자리에서 소주, 맥주와 함께하는 안주였다. 그 자리에서는 계란말이 자체가 주인공이 된다. 계란 열 알로 만든 계란말이, 스무 알로 만든 계란말이, 계란 한 판으로 만든 계란말이까지. 술을 좋아하던 시절에 계란말이는 한동안 최고의 안주였다. 지금은 남편이 술을 안 마시니 나도 자연스럽게 안 마신다.

아이들은 아무것도 들어가지 않은 계란말이를 좋아해서

채소를 넣지 않고 계란만으로 자주 만들어준다. 그런데 이 글을 쓰는 저녁 시간에 웬일로 아이들이 채소를 넣은 계란말이를 만들어달라고 했다.

"엄마, 채소 넣어서 만들어주라!"
"와우!"

살다 보면 이런 날도 있다. 얼른 당근, 대파, 호박을 꺼내서 아주 잘게 다졌다.

"더 잘게. 곰돌이 다지기 기계 꺼낼까?"
"그거 쓰면 설거지할 때 귀찮아. 엄마가 최선을 다해서 더 잘게 다져볼게."

옆에 남편이 있었다면 "쓰지도 않을 거면서 뭐하러 샀어?"라며 한마디를 했을 것이다.
계란에 소금과 후추로 간을 하고 다진 채소를 넣었다. 기름을 두른 팬 위에 계란물을 붓고 조심스럽게 돌돌 말았다. 식은 뒤에 썰어보니 알록달록 색이 예쁘다. 간도 잘 맞고 맛있는 계란말이다. 이제 계란말이 정도는 가볍게 만들 수 있다.

신혼 때는 겉은 익었는데 속은 안 익고 터진 계란말이를 만들곤 했다. 처음에는 자주 먹던 술집의 안주 모양을 떠올리며 계란말이는 무조건 커야 한다고 생각한 탓에 많이 실패했다.

이제는 그렇지 않다. 게다가 네모난 팬 말고 동그란 팬에도 자신감이 붙었다. 물론 아직도 네모난 팬을 사고 싶긴 하다. 더 예쁘고 탄탄한 계란말이를 말아보고 싶은 주부의 욕심이다. 그러나 좋은 장비가 있다고 해도 노력하지 않으면 만족스러운 결과가 나올 수 없다는 것도 이제는 안다.

🍴

나이가 들면서 계속 공부하고 새로운 것을 배우는 것이 자연스러운 시대를 맞이했다. 평생 공부하는 시대다. 내 주변에도 공부하고 책을 읽는 사람들이 늘어나고 있다. 나도 지금은 학교 공부가 아니라 어른의 세상 공부를 한다. 엄마인 내가 책을 읽고 세상 공부를 다시 시작했다.

그렇게 잊고 있던 꿈인 작가를 향해서 나는 오늘도 나아간다. 작가가 되어서 글을 쓰고 사람들을 만나는 모습을 늘 상상한다.

기존의 나는 무언가를 실제로 실행하기 전에 멈춰서 혼자 고민하고 정리만 하는 사람이었다. 이제는 다르다. 내가 가장 빠르게 결정하고 실행한 일은 글을 쓰기 시작한 것이다. 글을 써서 출판사에 원고를 보냈다. 그러면서 나에게 필요한 것들을 배운다.

작은 꿈이 생기고 나서 나라는 사람이 달라졌다. 사람은 가보지 못한 길에 항상 큰 아쉬움을 느낀다. 앞으로는 나중에 후회하면서 핑계만 대는 인생을 살고 싶지 않다. 작고 소소한 것들에 하나씩 도전해서 성공하는 모습을 아이들에게 보여주고 싶다.

부모는 아이의 거울이다. 부모인 내가 행복하게 하고 싶은 일을 하면서 살아간다면 아이들도 내 모습을 보며 자연스럽게 자기가 원하는 삶에 집중하지 않을까 생각해본다.

나는 꿈을 찾아서 오늘도 앞으로 나아간다. 이런 나를 보고 아이들도 꿈을 꾸면서 살기를 바란다. 인생에서 무언가를 하기에 늦은 나이란 없다. 진부한 표현이지만, 오늘이 내 인생에서 가장 젊은 날이다.

항상 "나중에 하자." "다음에 하자."라고 하던 내가 바뀌었다. 조금 늦었지만, 열심히 해보는 중이다. 지금부터 글을 쓰더라도 앞으로 삼십 년은 더 쓸 수 있지 않을까 싶다.

딸

"엄마가 계란 흰자와 노른자를 따로 분리해서 구데타마 캐릭터 모양으로 계란말이를 만들어준 적이 있어. 계란프라이는 겉이 타서 싫은데, 계란말이는 탄 부분도 없고 부드러워서 맛있어. 파를 넣으면 더 맛있더라."

| 송편

처음으로 집에서 쪄본
송편의 맛

미술학원이 끝나고 집으로 돌아온 아이의 손에 푸른색 보자기가 들려있다. 송편을 담은 보자기였는데 포장이 제법 그럴싸했다. 그런데 맛을 하나 보려고 집어보니 찐 송편이 아니라 반죽이었다. 솔잎도 한 줌 뿌려져 있었다. 아이들이 다니던 어린이집이나 유치원은 완성품을 보내주었는데, 살짝 아쉬웠다. 그래도 미술학원이라 그런지 둥근 송편만 있는 게 아니라 다양한 모양의 송편이 들어있었다. 색색의 송편을 여러 모양으로 가지런히 빚어서 가져왔다. 다만 맛을 보려면 찌는 건 직접 해야 한다.

아이는 며칠 전부터 송편을 만들어보고 싶다고 이야기하

더니 기회를 놓치지 않았다. "오늘 같은 시간에 만든 아이들 중에서 가장 많이 만들었다!"라며 송편을 보며 자랑스럽게 이야기한다. '그렇게 만들고 싶었니?' 엄마로서 괜히 미안해진다. 우리 딸은 6학년이다.

"둘이 먹다가 셋이 죽어도 모를 맛이네! 이 떡 먹다가 우리 다 맛있어서 죽으면 어쩌지?"라고 능청을 떨었더니 "아이, 엄마도 참~" 하면서 웃는다.

인터넷으로 검색해보니 마침 명절 시기인지라 '송편' 관련 글이 많이 뜬다. 생각보다 떡을 집에서 만들어서 먹는 사람들이 많다. 놀랍게도 송편도 밀키트가 있다. 사서 빚은 뒤에 찌기만 하면 된다. 이 간단한 방법을 이제 알았다. 미리 알았다면 한 번 정도는 직접 집에서 아이와 송편을 빚어봤을 텐데.

🍴

냄비에 물부터 끓인다. 찜기 위에 깨끗한 면포를 깔고 곱게 빚은 떡을 열심히 올린다. 떡 반죽은 손수건으로 덮어서 물기가 직접 닿지 않게 감싼다. 20분 정도 찌고 5분간 뜸을 들인다. 참기름도 살짝 발랐다. 떡집에서 이렇게 하기에 따라

해봤다. 고소함을 더해주고 서로 달라붙는 것도 막아준다. 처음이라 참기름을 너무 많이 발라서 떡이 무척 고소해졌다.

오늘 송편은 하양, 노랑, 보라, 쑥떡의 네 가지 종류다. 설탕과 깨가 들어가 있어서 달콤하면서 고소하다. 사실 아이는 떡을 잘 안 먹는다. 단지 본인이 좋아하는 꿀떡을 생각하면서 송편을 빚었다고 한다. 아이가 예쁘게 모양을 잡으면서 만들다 보니 떡 크기에 비해 속이 조금 부족하다. 그래도 모양만 보면 여느 떡집 부럽지 않은 솜씨다. 맛보다 모양이다.

그렇게 집에서 떡을 처음으로 쪄봤다. 송편 하나만으로도 추석 기분이 난다. 아이들도 참 좋아한다. 아이들은 작은 일에도 행복을 느낀다. 오늘은 엄마인 내가 "다음에 하자."라고 말하지 않고 바로 움직였다. 사실 아이들이 학원에서 이런 것들을 가져오면 냉동실에 넣어두었다가 시간이 지나서 버리던 나였지만, 이제 변했다. 아이의 마음을 생각했다.

예전에는 회사에 다니느라 아이에게 "주말에 하자."라는 말을 자주 했다. 그렇게 굳이 일하는 엄마라는 표시를 냈다. 어린아이들이지만, 엄마가 바쁘다는 것을 아는지 고집을 부리지 않았다. 그간의 미안함이 밀려와서 오늘은 다른 일을 다 제쳐두고 바로 송편을 쪘다.

어쩌면 나도 아이들과 송편을 조물조물 만들어보고 싶었는지도 모른다. 아이들이 만들고 싶다고 한 말을 그냥 지나치면 늘 마음 한편에 불편한 마음이 남았다. 어렵지도 않은 일인데 왜 그동안은 모른 척하며 지나쳤는지, 미안함이 몰려온다. 이렇게라도 아이들과 함께할 수 있어서 감사할 따름이다.

아이들이 다 먹고 쑥송편만 접시 한 귀퉁이에 남았다. 맹맹한 송편을 하나 집어서 먹었다. 하나하나 공들여서 빚은 아이를 생각하면서 여러 번 곱씹었다. 부모는 자식에게 많은 것을 해주면서도 혹시라도 해주지 못한 하나가 있다면 늘 아쉬움과 미안함을 가진다. 이 아이들이 아니었다면 모르고 지나쳤을 일상을 다시 생각해본다. 우리 부모님도 나와 별반 다르지 않았을 것을 이제는 안다. 아이들이 커가면서 나는 진짜 어른이 된다. 이렇게 엄마가 되어간다.

딸

"주로 깨송편만 먹어. 모시송편도 유명하지만, 식감이 별로라 내 취향은 아니야. 맨날 만들고 싶었는데 아직 집에서 해본 적이 없네. 그래도 유치원, 미술학원에서 해봐서 어느 정도는 만족하지만, 나중에 집에서 제대로 만들어보고 싶어."

아이들이 커가면서 나는 진짜 어른이 된다.
이렇게 엄마가 되어간다.

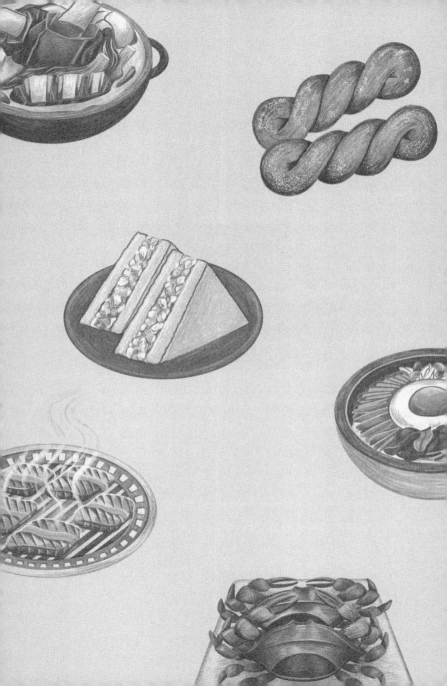

아내인 나

사랑으로 해피엔딩을 만들어가는 우리 부부의

일상과 맛 이야기.

| 샌드위치   풋풋했던 연애 시절의 맛

요리의 시작은 단순한 이유에서였다.

'샌드위치를 만들어서 깜짝 놀라게 해야지!'

날씨가 좋은 토요일 아침, 나는 기숙사의 좁은 부엌에서 요리사라도 된 것처럼 바쁘게 움직였다. 룸메이트에게 오늘 아침은 내가 준비할 테니 걱정하지 말라고 큰소리를 쳤다. 옆 방에 있던 친한 친구도 불렀다.

넓은 볼에 삶은 감자와 계란 등 준비한 재료들을 넣고 마요네즈, 소금, 후추와 버무렸다. 샐러드를 한 숟가락 떠서 맛을 보니 맛있었다. 마요네즈와 어우러져 간도 딱 맞았다. 그렇게 만든 속 재료를 식빵에 넣어서 샌드위치를 만들었다. 모닝

118

빵도 반으로 쪼개고 사이에 속 재료를 넣었다. 도시락 하나를 뚝딱 만들었다. 남은 샐러드와 샌드위치는 아침으로 다 함께 먹었다.

대충 방을 치운 뒤 서로 주말 잘 보내라는 인사를 나누고 친구들과 헤어졌다. 대학과 본가가 멀어서 나는 집에 자주 가지 않고 주말에도 주로 기숙사에 머문다. 그래도 오늘은 작은 도시락을 챙겨서 버스를 탔다. 소풍 가기 좋은 날이다. 버스도 한 번에 바로 갈아탔다. 오늘은 시작부터 상쾌하다.

남자친구의 퇴근 시간 겸 점심시간에 아슬아슬하게 맞춰서 회사 앞에 도착했다. 기다리고 기다려도 나오는 사람들 사이로 남자친구가 보이지 않아서 전화를 걸었다.

"여보세요. 어디야?"

"나? 일 끝나고 집에 가는 중이지!"

"지금 만나자."

"지금? 만나려면 가는 데 시간이 좀 걸릴 텐데…."

"나는 여기 ○○ 앞이야."

"혹시 우리 동네 말하는 거야?"

"응."

"내가 바로 갈게. 조금만 기다려."

어느 정도 기다렸더니 남자친구가 오는 모습이 보였다.

"전화라도 하고 오지 그랬어."
"일부러 시간 맞춰서 여기 서있다가 놀라게 해주려고 그랬지. 타이밍이 안 맞아서 아쉽네."
"차 타고 다니니까 길에 누가 서있는지도 몰라. 버스 타고 오느라 힘들었지?"

손을 꼭 잡고 근처 공원으로 갔다. 이제 남자친구가 도시락을 먹는 순간이 왔다. 아침부터 준비해서 친구들에게 이미 검증을 마친 샌드위치였다. 남자친구가 맛있게 먹을 거라 기대했더니 무척 설렜다.

"직접 만들었어?"
"응. 얼른 먹어봐! 맛있어서 놀라지나 말아."

그런데 샌드위치를 입에 넣으려던 남자친구가 잠시 멈칫거리더니 나를 쳐다보며 물었다.

"냄새가 이상하지 않아?"

"아니. 괜찮은데? 오빠, 샌드위치 싫어해?"

"그건 아니야. 잘 먹을게."

우리 둘 다 동시에 한입 크게 베어 물었다.

'아~!'

"이거 상한 것 같은데? 우리 다른 거 먹으러 가자. 이런 거 힘들게 만들지 않아도 돼. 나를 생각해주는 마음만으로도 고마워."

상한 것 같다는 말이 귀에 들리는 순간 나도 모르게 눈물이 핑 돌았다.

이제는 이십 년 정도 지난 나와 남편의 봄날 에피소드다. 그렇게 내가 남편을 위해 처음으로 만든 도시락은 실패했다. 남편의 이야기를 듣다가 지난날의 그 사건이 기억났다. 남편은 남자친구에게 잘 보이고 싶던 이십 대 초반의 내 모습을 지금도 기억하고 있다.

이 대화를 시작으로 연애하던 그 시절을 이야기하는 날이 늘어났다. 이야기하다 보면 서로 부끄럽기도 하고 민망하기도 하다.

나는 지금도 샌드위치를 만든다. 물론 그때처럼 다양한 재료를 넣어서 화려하게 만들지는 않는다. 주로 냉장고 속에 있는 재료로 간단하게 만드는 편이다. 나중에 알았는데, 사실 남편은 샌드위치를 싫어한다.

🍴

오늘은 어떤 글을 쓸지 고민하던 나를 본 남편이 우리가 데이트하던 이야기를 써보는 게 어떻겠냐고 제안했다. 이왕이면 재미있는 에피소드를 썼으면 좋겠다는 의견도 덧붙였다. 스스로 원래 재미없는 사람이라고 생각하던 터라 내심 뜨끔했다.

그러나 남편과 이야기를 나누다 보니 그때의 우리도 다른 연인들처럼 서로 많이 사랑했다는 생각이 든다. 세월이 흐르고 나이를 먹으면서 서로 달라진 환경 때문에 그때의 사랑이 조금은 식었다고 느낄 수도 있지만, 우리는 여전히 서로를 사랑한다. 앞으로도 사랑하면서 살 것이다.

그동안 앞만 보느라 나도 잊고 있던 내 이십 대의 모습을 남편이 기억하고 있다. 지금보다 훨씬 어리고 여러 면에서 미숙했던 나를 잡아주고 보듬어준 내 남편. 지난 추억을 돌아보니 우리는 부부가 되어서 잘 살고 있다. 남편에게 이 말을 꼭 하고 싶다.

"사십 대의 나도 잘 부탁해요."

딸

"학교 수업에서 샌드위치 만들기를 실습했던 적이 있는데, 제대로 못 해서 아쉬워. 그리고 지난번에 소풍 갔을 때 다른 친구들은 대부분 김밥이나 주먹밥을 싸 왔는데 나는 샌드위치가 있어서 좋았어. 그날 샌드위치를 싸 온 사람은 나 혼자였거든. 친구들도 모두 맛있다고 했어. 도시락을 예쁘게 싸가면 친구들 사이에서도 은근히 인기를 끌더라?"

우리는 여전히 서로를 사랑한다.
앞으로도 사랑하면서 살 것이다.

| 동그랑땡

소꿉놀이하듯 사는 맛

"음식이 입에 맞아요?"

"네. 어머니, 솜씨가 너무 좋으세요."

비어가는 접시에 전을 더 내어주신다.

"이거 내가 하나씩 손수 만든 육전인데, 맛있어요. 파는 거랑은 달라요."

어머니는 그 전을 육전이라고 표현하셨지만, 모양새를 보니 우리가 일반적으로 아는 동그랑땡이다. 두부와 다진 고기를 넣어서 작고 동그랗게 빚은 뒤 계란물을 묻혀서 하나씩 기름에 부친 전이다. 맛은 내가 지금까지 먹어본 엄마표 동그랑땡보다 더 깔끔한 맛이다. 확실히 수제라 맛있었다.

나는 그날 처음으로 시어머니표 동그랑땡을 먹어봤다. 연애 당시 추석을 맞이해 남자친구의 집에 손님으로 처음 방문했다. 지금은 남편이 된 남자친구가 자기 집에 가서 밥을 먹자고 먼저 제안했다. 좁은 원룸에서 명절을 홀로 보낼 나를 배려해주는 게 고마웠다.

당시 나는 외식 업체에 다니고 있었는데, 추석 전날은 마감 근무였고 당일은 휴무, 연휴 마지막은 아침 근무였다. 그렇게 예비 시부모님과 인사를 나누고 어색함 속에서 점심을 먹었다. 불편한 자리였지만, 동그랑땡은 참 맛있었다.

🍴

결혼 십오 년 차가 된 지금은 명절에 동그랑땡을 손수 만드는 게 얼마나 힘든 일인지 안다. 손님으로 가서 먹을 때는 너무나 맛있었다. 어머님의 음식 솜씨가 훌륭하다고만 생각했다. 그러나 나도 명절에 전을 부치는 지금은 어디 가서 한 접시만 사 왔으면 좋겠다. 분명히 어딘가에 어머님과 비슷한 맛을 내는 반찬 가게가 있을 것이다.

어머님 손맛처럼 맛있는 동그랑땡을 내가 직접 만들겠다는 꿈도 이제는 그 크기가 다소 줄어들었다. 꿈은 꿈으로 남을 때 아름답다. 이번 설날에도 어머님과 동그랑땡을 열심히 빚었다. 어머님의 단골 멘트도 들었다.

"조금만 하려고 했는데…. 먹을 것만 하려고 했는데…."

이제는 안다. 우리 시댁은 다른 집처럼 음식을 특별하게 많이 만들지는 않지만, 여러 가지를 조금씩 하다 보니 다른 집과 양이 비슷해진다.

어머님이 만드시는 동그랑땡은 특별한 재료를 넣지 않고 기본 재료만 넣는데도 맛있다. 요리법도 간단해서 명절이 아니더라도 가끔 만들어서 반찬으로 먹는다. 온 가족이 좋아하는 반찬이다. 동그랑땡 반죽을 고추나 깻잎에 넣으면 또 다른 맛을 느낄 수 있고, 때로는 만두소로 사용할 수도 있다.

어느 날 남편이 동그랑땡을 만들고 있길래 옆에 앉아서 프라이팬에서 갓 부친 전을 하나씩 집어먹었다. 세 개째 집어 먹을 때 남편이 말했다.

"같이 만들면 빠른데."
"도와주려고 했지. 하나만 맛보려고 했는데, 너무 맛있네!"

남편은 반죽을 하나씩 빚는 반죽 담당, 나는 부치기 담당을 맡았다. 둘이서 전을 빚고 부치니 이게 또 행복이란 생각이 든다. 참 신기하다. 명절에 전을 부칠 때는 힘들다고 느꼈는데, 상황에 따라서 같은 일도 다르게 느껴진다. 남편과 정답게 전을 부치면서 시시콜콜한 일상 이야기를 나누며 웃었다. 만든 전도 하나씩 맛보았다.

우리 부부는 아직도 이렇게 소꿉놀이하듯이 산다. 특별하지 않은 그저 평범한 하루지만 함께해서 늘 행복하다. 내가 밥그릇에 밥을 담으면 남편은 국그릇에 국을 담고, 남편이 청소기를 돌리면 나는 세탁기를 돌린다. 우리 부부는 이렇게 산다.

딸

> "'명절 음식' 하면 동그랑땡이지! 명절 때마다 대전 할머니가 동그랑땡 만드시잖아. 만드는 재미도 있고 맛있어서 좋아!"

| 콜라

마음에 위로가 되는 맛

나는 어렸을 때부터 속이 답답하면 손을 따곤 했다. 그런데 우리 집의 두 여인—엄마와 할머니—은 바늘로 누군가를 찌르는 것을 어려워했다. 그래서 체할 때마다 동네에서 손을 잘 따주기로 소문난 아줌마 집으로 갔다.

아줌마는 내 등을 두드리고 손을 따주신 뒤, 우리 엄마에게 "가는 길에 콜라 하나 사서 먹이세요."라고 했다. 가끔 심하게 체하면 엄마가 나를 업고 한의원으로 달려갈 때도 있었다. 그러면 침을 맞고 약을 먹었다.

체했을 때 손을 따면 알 수 없는 시원함이 있다. 정말 다 나은 것 같다. 그래서 나는 체하거나 배가 아프면 남편이 내 손을 꾹꾹 주물러주고 등을 두드려준 뒤에 손가락을 따준다. 남편은 그러고 나서 마시는 소화제와 콜라를 내 앞에 내민다. 내가 잘 때 배를 문질러주기도 한다.

나는 남편의 손 따주기 병원 단골손님이다. 그래도 지금은 방문 횟수가 많이 줄었다. 잘 체하지도 않거니와 이제는 소화제를 먹는 게 더 빠르다는 걸 안다. 하지만 가끔 마음에 위로가 부족한 날은 다시 실과 바늘을 남편의 손에 건넨다.

나는 어른이자 두 아이의 엄마가 된 지금도 우리 아이들의 손을 못 딴다. 마음을 독하게 먹고 바늘로 손끝을 찔러야 하는데, 아이의 작은 손을 잡으면 혹여나 아플까 봐 '그냥 약 먹이자.'라는 생각이 든다. 남편도 자기 손은 팍팍 찔러도 우리 아이들 손에는 차마 바늘을 못 찌르겠다고 한다.

🍴

남편이 퇴근하면서 마시는 소화제 두 병을 사 왔다. 속이 안 좋다고 한다. 생각해보니 며칠 전에도 소화제를 먹었다. 얼른 실과 바늘을 들고 왔다. 남편은 손을 딸 때 정해진 순서대로 한다. 나도 남편 옆에 앉아서 남편의 등을 두드려주었다.

항상 남편이 내 손을 따주지만, 내가 남편의 손을 따준 적은 없다. 등을 두드리다가 나도 모르게 처음보다 속도가 느려졌나 보다. 남편이 단호하게 말했다.

"힘들지? 그래도 계속 두드려야 해."

조용히 등을 두드리며 쓸어주었다. 잠시 후에 멈춰달라고 해서 멈췄더니 자기 손가락을 바늘로 콕 찔렀다. '피가 저렇게도 많이 나올 수 있을까?' '많이 체했나? 독하다.'라는 두 가지 생각이 동시에 들었다. 며칠 전에 내 손가락을 찔렀을 때는 피가 안 난다며 독하다고 놀리더니 그날은 제대로 찌르지 못했나 보다.

냉장고를 열어보니 탄산수가 있길래 이거라도 마시라고 건넸다. 남편은 콜라와 탄산수는 다른 거라며 안 마신다고 했다. 약을 먹었으니 괜찮단다. 왜 콜라는 되고 탄산수는 안 될까? 과학적으로 생각해보면 콜라가 소화에 큰 도움이 되는 것은 아니지만, 시원한 맛과 소화가 잘되는 듯한 느낌 덕분에 알면서도 속이 답답하면 가끔 찾게 된다.

나가서 콜라를 한 병 사 올까 고민하다가 그냥 있기로 했다. 마실 생각이 있었으면 소화제를 사면서 같이 사 왔을 것이다. 대신에 가만히 앉아서 조용히 남편의 배를 쓰다듬어주었다. 오늘은 내가 남편에게 위로를 보낸다.

아들

"코카콜라는 탄산이 많아서 오히려 쓴 편인데, 펩시콜라는 쓰지 않고 달아서 맛있어. 영화 보면서 콜라랑 팝콘을 함께 먹는 게 맛있게 먹는 방법이지."

| 비빔밥

표현할수록 더 커지는
사랑의 맛

남편은 어린 상추에 된장찌개와 고추장을 넣고 쓱쓱 비벼 먹는 상추 비빔밥을 좋아한다. 시댁에 가면 아주버님도 가끔 상추 비빔밥 이야기를 한다. 두 형제만 공유하는 어린 시절 추억의 맛이다. 본인들은 서로 안 닮았다고 말하지만, 주변에서 종종 쌍둥이로 오해받는 두 사람이다.

상추를 사는 날이면 한 번씩 이 이야기를 듣는다. 남편의 이야기에 잘 공감해주지 못해서 미안한 마음이 든다.

남편은 어린 상추는 듬뿍, 밥은 조금만 넣고 상추에 밥알이 몇 개씩 붙어있는 정도로 비벼야 맛있다고 이야기한다. 나는 먹어본 적이 없다. 그 맛을 알려면 베란다에 텃밭이라도 만들어야 할 것이다.

나는 보리밥을 채소에 비벼 먹는 대중적인 비빔밥을 좋아한다. 반면에 남편은 보리밥을 안 먹는다. 채소를 듬뿍 넣어서 비벼 먹는 보리밥을 싫다고 하니 억지로 먹이지는 못하고 혼자 먹는다. 언젠가는 '시키면 먹겠지.' 하고 보리밥을 배달시켰더니 그 옆에서 라면을 끓였다. 우리 부부는 비빔밥을 좋아하지만, 취향은 완전히 다르다.

이렇게 작은 것 하나부터 다른 두 사람이 연애하고 결혼해서 이십 년 가까이 함께 산다. 돌아보면 남편은 처음부터 지금까지 나를 사랑해주었다. 오히려 내가 그 사랑을 온전히 받아들이지 못하고 주변과 비교하면서 늘 사랑받고 있는지 확인하려고 했다.

***

"인생에서 최고의 행복은 사랑받는다는 확신이다."

– 빅토르 위고 Victor Marie Hugo

늘 모든 것이 부족하고 마음에 들지 않았다. 언제나 사랑받기를 원했다. 사랑을 받아도 항상 부족하다고 느꼈다. 그러다 진정으로 사랑받고 존중받는다는 확신이 드는 순간 나를 에워싼 감옥에서 나올 수 있었다. 그러자 세상이 달라졌다.

🍴

나는 남편에게 많이 의지하는 편이다. 남편은 항상 나보다 며칠이라도 더 오래 살겠다고 이야기한다. 여덟 살이라는 나이 차에도 당당하게 말하는 자신감이 고맙다. 그래도 가끔 "현실적으로 보면 내가 먼저 죽을지도 모르니 국민연금은 열심히 납부해줘."라고 한다. 그런 말을 할 때면 옆에 있는 아이들도 "가는 건 순서 없대요."라고 농담하며 웃는다. "자기는 독해서 나보다 오래 살 거야. 대신 아프지 말고 오래 살아."라며 나도 맞받는다. 자연스러운 대화를 나눌 수 있는 우리 집 분위기가 좋다. 내가 달라지면서 모든 게 달라졌다.

남편은 내가 잊고 있던 작가를 다시 꿈꿀 수 있게 만들어주었다. 항상 나를 더 좋은 곳으로 이끌어주는 남편이 고맙다. 나는 다정하거나 애교가 많지 않다. 이토록 평범한 나에게도 눈만 마주치면 사랑한다고 말하는 사람이 곁에 있다. 나도 사랑을 표현해야 한다는 걸 알면서도 매번 쑥스러워서 "나도."라는 짧은 대답만 항상 한다.

여보! 당신도 최고의 행복을 느끼면서 살면 좋겠어. 그 행복을 위해서 지금부터 나도 노력할게. 늘 받기만 하던 부족한 내가 이제는 사랑을 나누면서 살아볼게. 우리 지금처럼 행복하게 살자. 사랑해.

남편

"어렸을 때 엄마가 박으로 만든 바가지에 비벼주시던 비빔밥이 정말 맛있었어. 요새는 반찬이 없을 때 주로 비빔밥을 먹는 편이야. 계란프라이에 고추장만 있어도 좋지. 비름나물에 고추장 넣고 비벼 먹으면 맛있는데, 혹시 자기도 먹어봤어?"

사랑을 받아도 항상 부족하다고 느꼈다.
그러다 진정으로 사랑받고 존중받는다는 확신이 드는 순간
나를 에워싼 감옥에서 나올 수 있었다.
그러자 세상이 달라졌다.

| 도시락과 컵라면   아픔을 보듬어준 맛

서울로 가는 차 안이었다. 평소와 달리 우리 부부는 말이 없었다. 긴 침묵을 깨고 남편이 먼저 입을 열었다.

"서울까지 안 가도 된다니까. 가까운 데에도 병원 많아."
"이 근처는 대학 병원이 없잖아. 그래서 서울로 가는 거야. 거기가 제일 가까운 대학 병원이야. 아니면 대전 쪽에 있는 대학 병원으로 갈까?"

남편은 내 대답을 듣더니 한숨을 쉬고 내 손을 꽉 잡았다. 나는 배가 제법 나온 임산부였다.

남편이 며칠 전부터 계속 가슴이 답답하고 아프다고 했다. 괜찮다는 남편에게 억지로 월차를 쓰게 하고 서산 우리집에서 가장 가까운 대학 병원에 가기로 했다. 남편의 증상을 들은 병원 측에서 심장내과 진료를 예약해주었다. 진료받는데 느낌이 좋지 않았다.

"젊은 사람인데 가슴이 아프다고요?"

"조이는 것처럼 아파요."

"나이도 삼십 대 초반에 건강해 보이는데요. 술이랑 담배를 줄여봐요. 검사하려면 입원해야 하는데, 지금 입원하면 주말이 끼어있어서 사나흘은 병원에 있어야 해요. 게다가 검사를 받았는데 아무 문제도 안 나오면 보험료 적용도 어려워요. 만약에 원한다면 검사를 진행할 수는 있는데, 일단은 조금더 지켜봐도 될 것 같아요."

"그럼 더 지켜보죠."

그렇게 대학 병원에서의 첫 진료는 가볍게 끝났다. 돌아오는 차 안에서 남편은 며칠 쉬면 나아질 거라며 나를 안심시켰다. 그리고 진료를 본 의사가 마땅치 않다며 툴툴거렸다. 내가 봐도 우리를 담당했던 의사는 오늘 일하기 싫은데 마지 못해서 출근한 회사원 같았다. 우리 뒤로도 수많은 환자가 대기하고 있으니 이해는 갔다. 의사는 우리에게 선택지를 주었고, 선택은 환자인 우리가 했다. 남편은 괜히 휴무만 날렸다며 심통을 부렸다.

집에서 가까워서 무작정 예약한 대학 병원이었다. 지방에 사는 사람들은 서울에 있는 대학 병원에 가기가 쉽지 않다. 그래도 조금만 더 자세하게 찾아봤다면 그 근처의 다른 병원에 갈 수도 있었으리라. 그 병원은 내 인생에서 처음으로 오진을 받은 병원이다. 나중에 알고 보니 오진율이 다른 병원보다 30% 정도 높다고 했다. 다른 대학 병원에서 근무하는 지인은 오히려 그때 진료를 제대로 안 본 게 다행이라고 위로해주었다.

남편은 그 뒤로도 계속 가슴이 아파서 집 앞에 있는 준종합병원으로 갔다. 그사이에 또 일주일이 지나갔다. 그때 그 대학 병원보다는 규모가 작았지만, 남편은 이 병원도 진료 담당 과목이 열 개 이상이라 진료받기에 충분하다고 했다. 대학 병원에 가도 의사를 잘못 만날 수 있으니 이 병원에도 가보기로 했다. 진료를 받고 문제가 있으면 큰 병원으로 가겠다고 했다.

내과 진료를 받았는데, 신경과 쪽으로 가보라는 소견이 나왔다. 신경과 진료를 봤더니 다시 신경외과로 가라고 했다. 직감적으로 남편에게 무슨 이상이 있다는 것을 알았다.

신경외과에서 몇 번의 MRI를 찍고서야 병명을 알 수 있었다. 척수염(의증)이라고 했다. 생전 처음으로 들어본 병명에 가슴이 철렁 내려앉았다. 의사는 남편에게 지금 바로 입원해야 하고 원한다면 서울에 있는 1급 대학 병원 응급실로 갈 수 있게 소견서 등 필요한 서류와 조치를 취해주겠다고 하셨다.

당시 나는 스물여섯 살이었다. 배 속에는 우리 첫사랑의 결실인 아이가 자라고 있었다. 상담받으면서 하염없이 눈물을 흘렸다. 담당 의사가 최악의 상황까지 설명해주는데 하늘이 노래졌다. 앞으로 남편이 걷지 못하거나 앞을 볼 수 없을지도 모른다고 했다. 어쩌면 태어날 아이의 얼굴을 영영 보지 못할 수도 있다고 했다.

"다발성 경화증만 아니어도 좋아요. 다발성 경화증은 증상이 수시로 왔다 갔다 해서 입원 생활이 길어질 수도 있어요. 결과는 내일이면 나옵니다."

모든 게 그저 다 싫었다. 그래도 정신을 다잡았다. 다른 말은 들리지도 않았다.

상담이 끝나고 병원 복도에 있는 컴퓨터 앞에 앉았다. 나는 인터넷으로 척수염을 검색하고 남편은 게임을 했다. 너무 걱정이 많아서 힘들어 죽겠는데, 남편은 태평하게 시간을 보내는 것 같았다.

사실 가장 속상하고 답답한 사람이 남편일 것이다. 그래도 우리 둘 다 예민한 탓에 남편과 이런저런 이야기를 나누다가 결국 싸움으로 번졌다.

"내가 죽기라도 한대? 의사들은 원래 다 저렇게 말해. 정말 내가 죽을병이라면 너는 내 품에서 놔줄 테니까 걱정하지 마."

남편의 말을 듣다가 눈물이 나왔다. 서로를 끌어안고 울었다. 환자복을 입은 남편은 조수석에 나를 태우고 조용히 병원을 나와서 집으로 데려다주었다.

"집에서 같이 밥 먹고 나는 병원으로 다시 돌아갈 테니까 자기는 좀 쉬어."

둘 다 간단하게 요기할 요량으로 불고기와 계란말이가 들어간 도시락을 먹었다. 컵라면에도 물을 부었다.

남편은 라면을 좋아한다. 병원에 있으면 못 먹게 될 것 같다며 미리 먹어둔다고 했다. 우리는 감정을 추스르고 평소처럼 밥을 먹었다. 둘 다 말하지 않아도 지금의 이 상황이 쉽사리 믿기 어려운 상황이라는 것을 알았다. 이른 저녁 식사를 마친 남편은 나를 다독여준 뒤에 다시 병원으로 돌아갔다.

나는 집에서 혼자 자고 일어나서 날이 밝자마자 다시 병원으로 갔다. 앞으로는 울지 않기로 결심했다. 남편도 아무렇지도 않은 척하며 나를 반겨주었다. 남편의 병명은 횡단성 척수염이라고 했다. 다발성 경화증이 아닌 것에 감사했다. 2주간 입원하고 그 후로도 장기간 약을 복용했다.

그때 내 안에 있던 큰아이가 벌써 열다섯 살이 되었다. 남편의 병이 발병한 지도 어느덧 십오 년이 되었다. 이 병은 완치라는 개념이 없다. 마땅한 약이나 치료법이 없는 난치성 질환이다. 항상 재발의 위험을 안고 있다.

그래도 오랜 세월이 흘렀으니 이 정도면 완치가 아닐까 생각하며 산다. 남편은 다행스럽게도 눈에 보이는 특별한 후유증 없이 잘 지내고 있다. 누구보다도 열심히 산다. 가끔 나에게 이렇게 말한다.

"고마워. 그때 병원에 데리고 가줘서."

 딸

"엄마가 회식하러 갔을 때 편의점 도시락을 처음으로 사봤어. 엄마가 우리한테 1인당 만 원까지 쓰라고 했던 날 말이야."

| 닭발

양잿물보다 어려운 맛

"닭발 먹고 싶어!"

'닭발이 먹고 싶다. 먹고 싶다.'라고 생각만 하다가 나도 모르게 입 밖으로 나와버렸다.

나머지 가족의 의견을 들어보려고 하는 와중에 내 이야기를 들은 남편이 옆에서 대답했다.

"먹어. 어차피 나는 안 먹잖아."

아이들도 한마디를 보탰다.

"○○ 이모랑 먹어야 하는데 아쉬워."

나도 아쉽다. 이사하기 전에는 가끔 동네 친구들끼리 모여서 닭발을 먹었다. 혼자 먹기에는 맛도 없고 재미도 없어서 단톡을 돌리면 동지들이 답장을 해왔다. 이상하게도 남편들은 닭발을 안 먹는다.

새로 이사한 곳은 낯선 곳이라 커피 한 잔 함께 마실 사람이 없다. 나이가 들수록 좀처럼 취향이 맞는 친구들을 만나기가 쉽지 않다. 중년의 여자들은 더욱더 그렇다. 이제 나도 중년으로 접어든다.

"닭발은 그동안 모은 배달 포인트로 시키자! 애들은 주먹밥이랑 계란찜 먹으면 될 거야. 오빠는 어떻게 할래?"
"그냥 알아서 먹을 테니까 걱정하지 마. 빨리 시키자!"

오늘 우리 집의 저녁 식사는 배달로 시킨 닭발 세트다. 남편은 밑반찬과 계란찜으로 밥을 먹는다. 검색했을 때는 맛집이라는 곳이 너무 많아서 고민했는데 일단은 성공이다.

옆에서 닭발을 열심히 먹는 우리 딸은 첫 도전인데도 하나씩 야무지게 뜯는다. 손가락, 발가락을 꼼지락거리던 아기였는데 어느새 많이 컸다. 아이가 어렸을 때는 빨간색만 봐도 "매워! 못 먹어! 안 먹어!"를 연발하던 시기가 있었다. 그런데 오늘은 매울 것 같다고 하면서도 하나 뜯어먹어 보겠다며 장갑을 꼈다. '엄마 혼자서 먹으면 외로울까 봐 그런 건가?' 잠시 감상에 젖어서 계란찜을 열심히 떠먹는 아이를 물끄러미 바라본다.

"매운데 맛있어! 근데 나 얼굴이 빨개진 것 같아."
"맞아. 이건 양념 맛이야. 매운 것도 이제 잘 먹네, 우리 딸! 몇 년 뒤에 소주만 같이 한잔하면 엄마가 가르쳐줄 수 있는 건 다 가르쳐주는 거야."

미래를 예측할 수는 없지만, 나는 되도록 아이와 더 많은 시간을 보내고 새로운 경험을 함께하고 싶다. 아이가 나만큼 나이가 들고 어른이 되어도 나는 곁에 있을 것이다.

아이는 몇 개를 먹더니 일어나서 자기 방으로 갔다. 요즘 은 사춘기가 온 건지 대부분의 시간을 자기 방 안에서만 보 낸다. 아이가 자리를 떠나고도 혼자 남아서 먹는 나를 보던 남편이 옆에 앉으며 말했다.

"정말 무슨 맛으로 먹는 거야? 닭발이 먹을 거나 있어?"

"맛있어! 하나만 먹어봐."

남편은 한 번도 닭발을 먹지 않았다. 내가 이십 대 초반일 때부터 TV 방송에 불닭발이 자주 나왔다. 그전까지는 한 번도 먹어본 적이 없었고 남편도 안 먹는다고 여러 번 말했는데 신혼 시절에 호기심 때문에 닭발을 시켜봤다.

지금은 맛있게 먹지만, 처음 본 닭발은 충격이었다. 말라비틀어진 빨간 다리들의 모양과 탄 냄새, 매운 냄새에 정신이 없었다. 억지로 하나를 들고 뜯다가 말했다.

"못 먹겠어. 남들은 이걸 무슨 맛으로 먹지? 맵고, 쓰고, 살도 없어."

그래도 내가 우겨서 시킨 거라 눈치가 보였다.

"거봐. 먹는 거 아니랬지?"

그렇게 식탁 위의 닭발은 그대로 쓰레기통으로 들어갔다. 내 닭발 도전기는 시작과 동시에 끝났다. 나는 닭발을 못 먹는 사람이었다.

그런 내가 언제, 어떻게 다시 닭발을 먹기 시작했는지는 모른다. 아무리 생각해도 기억이 안 난다. 신기하다. 그냥 어느 순간부터 닭발을 먹었다. 이제 친구들 모임에서도 나는 닭발을 먹는 사람으로 분류된다.

🍴

오늘은 남편에게 우리가 처음으로 닭발을 시켰던 에피소드를 이야기했다. 이야기하다가 '닭발을 왜 먹는가?'라는 주제로 넘어갔다. 시시콜콜한 문제일 수도 있지만, 함께 생각해 봤다. 결론부터 말하면 집단의 힘이 아닐까 싶었다. 함께 모이는 친구들이 닭발을 좋아하니 나도 좋아하고 먹게 되었다는 결론이었다.

가끔 남편과 이런 사소한 주제로 토론을 한다. 어느 날은 아이 같고, 어느 날은 친구 같으며, 또 다른 날은 아빠처럼 옆에 있는 이 남자가 바로 내 남편이다. 나의 이삼십 대를 통으로 가져간 이 사람은 사십 대도 함께할 것이다. 어느새 내 인생의 반을 이 사람과 함께하고 있다.

남편은 언제나 입버릇처럼 내가 주면 양잿물도 감사한

마음으로 마실 거라고 한다. 빈말일 테지만, 부부 사이에는 이런 하얀 거짓말도 가끔은 필요하다는 걸 안다. 그래도 남편에게 닭발은 양잿물보다 어려운가 보다.

그런데 대체 나는 닭발을 어떻게 먹을 수 있게 된 걸까?

딸

"생긴 건 별로야. '먹을 수 있는 음식인가?'라고 생각했는데 막상 먹어보니까 생각보다 덜 맵고 식감도 족발의 껍데기 같은 느낌이라서 좋아졌어. 엄마가 먹는 걸 볼 때는 좀 그랬는데 같이 먹다 보니 맛있더라. 같이 오는 주먹밥이랑 계란찜도 맛있어. 다만 닭발은 매우니까 쿨피스를 꼭 같이 먹어야 해."

| 돼지갈비

싸우고 화해하는
십오 년 차 부부의 맛

장작으로 초벌구이한 돼지갈비가 불판 위에 오른다. 남편이 고기를 굽는다. 뒤이어 청국장과 밑반찬들이 나오고 갓 지은 밥도 나온다. 예전부터 꼭 한번 와보고 싶었던 고깃집이다. 그런데 하필이면 부부 싸움을 한 뒤에 오게 되었다.

남편은 종종 이런 식이다. 내가 술을 엄청나게 마신 다음 날에 평소에 가보고 싶어 했던 이탈리안 레스토랑이나 뷔페에 나를 데리고 간다. 그리고 잘 먹지도 못하는 나를 앞에 두고 살짝 약을 올리면서 먹는다.

오늘도 그런 날이다. 먹을까, 말까 고민하다가 고기를 한 점 집어먹고 청국장도 한 숟가락 떠서 맛을 봤다. 먹어보니

'모르겠다. 그냥 먹자!'라는 생각이 들었다.

그날 우리는 고깃집을 나오면서 다시는 싸우지 말자고 굳게 약속했다. 그래서 그 이후로는 안 싸우고 웃으면서 살았을까? 물론 아니다. 우리는 그 이후에도 많이 싸웠다. 여덟 살이라는 나이 차 덕분에 연상인 남편이 아내를 다 이해해주고 사랑을 듬뿍 줄 거라는 주변의 예상과는 달리, 우리는 엄청나게 싸우면서 살았다.

연애 때는 서로 좋기만 했는데, 결혼하고 보니 장점보다 단점이 눈에 더 띄었다. '내가 왜 결혼했을까?'라는 후회가 들었다. 나이가 많은 사람이 무조건 어린 사람 앞에서 이성적으로 굴거나 배려해주지는 않는다는 것도 결혼 후에야 깨달았다. 연애할 때 나이는 숫자에 불과하다며 나이 차를 줄이려던 남편도 부부 싸움 앞에서는 그냥 나와 똑같은 사람이었다.

"내가 너보다 몇 살이 많은 줄 아니?"
"나이 많은 게 자랑이다!"

나와 남편은 나이 차이가 있었지만, 나는 우리의 정신연령은 비슷하다고 생각했다. 이런 시선으로 남편을 바라보니 더 싸움이 잦았다. 남편이 '남의 편'의 줄임말이라고 계속 생각하다 보니 어느 때는 진짜 남보다 못하다고 느끼기도 했다.

연애를 오래 했어도 결혼 생활은 또 다른 차원이다. 월급 통장을 나에게 넘겨준 것만으로도 남편이 크게 양보했다는 사실을 그때는 몰랐다. 몰랐기에 매일 전쟁을 치르듯이 싸우며 살았다.

🍴

그래도 그때 그 고깃집 이후로 몇 년 동안은 큰 부부 싸움이 없었다. 직장인들이 1년, 3년, 5년, 10년 차마다 고비를 넘기며 힘든 직장생활을 버텨내는 것처럼, 우리 부부도 계속 크고 작은 사건들을 버티며 가족으로서 살아왔다.

이제 남편은 누가 뭐라 해도 내 편이다. 이 세상에서 하나뿐인 내 사람이다. 생각을 바꾸니 똑같은 사람인데도 다르게 보인다.

아직도 우리 부부의 일상은 맑았다가 흐리기를 반복한다. 이십 대 중반의 어린 새댁 시절의 일상이나 마흔 살을 바라보는 오늘의 일상이 별반 다르지 않다. 그래도 서로 이해하려는 마음 덕분에 오랜 세월을 함께할 수 있었다.

　세월이 지날수록 부부들은 애정보다 의리로 함께 산다고 한다. 아직은 애정 70%, 의리 30% 정도는 되는 것 같다. 이 비율이 달라지는 날이 우리에게도 곧 오겠지.

　"우리 신혼 때 싸우고 나서 함께 갔던 고깃집 생각나? 그 집이 몇 년 전에 없어졌다고 하더라. 다시 가보고 싶었는데 아쉽네."

　"나 얼마 전에 그 가게 앞을 지났는데, 아직 있던데?"

　"건물은 남아있는데 장사는 안 한대."

　만약 내가 그날 고깃집에 갈 때 못 이기는 척 따라나서지 않고 안 간다고 고집을 피웠다면 우리 부부는 어떻게 되었을까? 정말 이혼이라도 했을까?

　살면서 몇 번이나 이혼을 생각했던 순간이 있다. 크다면 크고 작다면 작은 일들이 몇 가지 정도 떠오른다.

　"그때 애들까지 다 데리고 집 나갔을 때 말이야. 너 정말 끝이라고 생각한 거였니? 장모님이 친구네 집에 있다고 말해주셔서 내가 거기로 갔잖아."

"택시를 탔어. 근데 목적지를 들은 기사 아저씨가 나보고 자기 딸이랑 비슷한 또래로 보이는데, 이렇게 본가에 가면 부모님이 속상해하실 거라고 어디 가서 생각 좀 더 해보라고 하시더라고. 또 엄마랑 통화했는데 혼자면 오고 애들이 있으면 오지 말라고 하셨어. 양쪽에서 그러니 갈 수가 없었지."

지금은 웃으면서 말하지만, 그날 나는 정말로 심각했다. 아이 하나는 업고 다른 하나는 손을 잡고 집을 나와버릴 정도였다. 그래도 우리는 그만큼 많은 세월을 견딘 부부다.

아들

"고기는 돼지갈비가 제일 좋아. 간장 양념이 달콤해서 맛있어. 지난번 누나 기념일에 소고기 먹으러 갔을 때도 나는 돼지갈비가 더 맛있더라."

아직도 우리 부부의 일상은 맑았다가 흐리기를 반복한다.

그래도 서로 이해하려는 마음 덕분에

오랜 세월을 함께할 수 있었다.

| 만두전골

남편과의 데이트에서
찾아낸 얼큰한 맛

남편과 아내로 지내면서도 연인처럼 자주 데이트하는 부부도 있지만, 우리 두 사람은 그런 편은 아니다. 일단 아이들이 어렸을 때는 우리 부부가 데이트라도 할라치면 아이를 봐줄 사람이 없었다. 그리고 아이들이 크고 난 지금은 영세 자영업자라 쉬는 날을 내기가 쉽지 않다. 늘 이상보다 현실에 맞춰서 살아가게 된다.

어느 날, 남편에게 용기 내어서 데이트 신청을 했다. 한동안 미뤄둔 은행 업무를 한 번에 처리하는 날이었다. 개명을 한 나는 이것저것 할 일이 많다. 나라는 사람은 그대로이고 이름만 바뀌었는데, 신기하게도 이름이 바뀌고 나서부터 많은 것이 달라졌다. 바꾼 이름이 나를 더 좋은 쪽으로 데려다 주는 것 같다.

남편에게 오늘 하루만큼은 데이트하는 마음으로 다니자고 말했다. 남편은 체육복 대신 청바지에 면티를 입고 나는 슬랙스에 바바리코트를 챙겨 입었다. 그렇게 둘만의 하루를 시작했다.

먼저 커피 자판기에서 커피를 한 잔씩 뽑았다. 우리가 처음 만났을 때는 한 잔에 200원이었던 밀크커피가 지금은 한 잔에 500원이다. 연애할 때 공원에서 자판기 커피를 마시며 까르르 웃던 추억이 떠올랐다. 나는 어렸고 남편은 젊었다. 남편은 회사에서 있었던 일, TV 프로그램 이야기, 본인이 읽은 책 등 여러 화제를 가지고 끊임없이 이야기했다. 내 앞에서만은 언제나 수다쟁이였다.

커피를 마시고 커플링을 수선하러 갔다. 처음에 맞출 때 손가락 크기에 맞게 제작을 요청했는데 막상 받아보니 둘 다 너무 큰 반지를 받아서 언젠가는 줄이려고 생각하던 차였다. 혼자 갔다가 반지 크기가 또 안 맞을까 봐 미루고 있었다. 살면서 결혼반지까지 다 팔아야 했던 시기도 있었다. 다시 커플

링을 맞추기까지 생각보다 오랜 세월이 걸렸다.

이후에 은행 업무까지 보니 오전이 훌쩍 지났다. 그동안 옆에서 운전해주고 적당히 수다도 떨어주며 은행 창구에서는 내 가방도 들어주느라 바쁜 남편이다. 오랜만에 하는 데이트라 점심을 조금 근사한 곳에서 먹을까 생각하다가 쑥스러워서 그만뒀다. 남편이 근처 식당들을 둘러본다. 이미 남편이 제시한 몇 가지 메뉴는 내가 거절했다. 저 멀리에 만두전골 간판이 보였다.

"점심은 오랜만에 얼큰한 맛으로 먹자. ○○에 가고 싶었는데, 거기는 자기가 다음에 애들 데리고 가자고 할 것 같아서."

"거기는 애들 데리고 가야지. 동선도 안 맞아서 왔다 갔다 해야 할 거야."

내 대답은 남편의 예상을 저버리지 않았다. 나는 이제 남편을 나보다 잘 알고, 남편도 나를 자기 자신보다 더 잘 안다. 세월이 지날수록 우리는 서로를 한층 더 깊이 이해한다.

새빨간 육수에 전골처럼 한번에 재료를 넣고 끓였다. 각자 고기와 채소를 소스에 찍어서 먹고 중간에 만두도 하나씩 접시에 담아서 먹었다. 2인분인데 생각보다 양이 많았다.

　그런데 먹다 보니 '둘 다 매운 걸 이렇게나 못 먹었나?'라는 생각이 들었다. 밑반찬도 매콤한 김치는 그대로고 새콤달콤한 단무지만 줄어든다. 양이 많이 나와서 볶음밥은 처음부터 포기했다. 만두전골은 보기보다 아주 매웠다. 아이들과 늘 안 매운 음식들만 먹다 보니 매운 음식은 이제 힘들다.

🍴

　오래전에 둘이서 데이트할 때는 늘 서로의 손을 잡고 다녔다. 결혼 후에 아이가 생겨서 세 명이 되고, 다시 네 명이 되니 지금은 네 명이 함께 다니는 게 자연스럽다. 잠시 아이들이 생각났다. 그래도 오늘은 둘이서만 오붓하게 손을 잡고 걷는다.

　길가에 핀 꽃을 보면서 오늘 하루를 돌아봤다. 손을 잡고 둘이서만 걸으니 결혼 전으로 돌아가 데이트하는 기분이다. 한쪽 어깨에는 내 가방을 메고, 다른 한 손으로는 내 손을 잡아주는 남편.

　시간이 빠르게 지나갔다. 시계는 벌써 5시를 가리켰다. 마트에서 저녁 먹거리를 사면서 오늘의 데이트는 끝났다. 네 명이 함께 다니는 것도 좋지만, 가끔은 둘만의 시간도 필요하다. 우리 두 사람이 서로에게 오롯이 집중할 수 있는 시간을 더 가져야겠다.

두 사람이 만나 연인이 되고 부부가 되었다가 이제는 부모가 되었다. 지금까지 함께한 시간보다 앞으로 더 많은 시간을 서로 의지하면서 살 것이다. 그러니 늘 친하게 잘 지내고 싶다. 가끔 싸우기도 하고 서로에게 실망할 일도 있겠지만, 결국 우리 두 사람이 버텨내야 할 삶이다. 그래서 이왕이면 함께하는 시간들이 행복했으면 좋겠다.

모두 함께 있어서 좋은 날이 있고 혼자 있어서 좋은 날이 있다. 오늘은 우리 둘이 함께해서 좋은 날이었다. 앞으로도 용기 내어서 남편에게 종종 데이트 신청을 해야겠다.

남편

"만두 맛있지! 그동안 주로 만둣국만 먹다가 매운 전골로 먹으니까 색다른 맛이더라. 예전에는 고향 만두를 자주 먹었지만, 지금은 비비고 만두를 자주 먹네. 그래도 나는 자기가 만들어준 손만두의 맛은 평생 못 잊을 것 같아."

| 꽈배기

남편의 사랑이 담긴
달콤한 맛

한동안 토요일 밤이면 <전지적 참견 시점>을 꼬박꼬박 챙겨 봤다. 연예인들의 일상을 보는 재미와 이영자 언니의 먹방을 보는 재미가 있었다. 휴게소 꽈배기 편을 보면서 남편과 이런 대화도 나눴다.

"정말 맛있을까? 한번 먹어보고 싶다. 그렇지?"

며칠 후, 남편이 꽈배기 봉투를 들고 퇴근했다.

"이영자 님은 못 먹었지만, 오연서 님은 먹을 수 있어."

"와우~! 오빠, 진짜 맛있어?"

"같이 먹으려고 나도 아직 안 먹어봤지."

그 근처를 지날 일이 있어서 포장해왔다고 했다. 남편은 꽈배기를 좋아한다. 사실 나라면 하나 정도는 미리 맛봤을 텐데, 함께 먹으려고 맛도 안 보고 가져왔다는 말에 살짝 감동했다. 금왕 휴게소에서 우리 집까지는 1시간 30분 정도 걸리는 거리다. 같이 먹으며 남편과 대화를 나눴다.

"식었는데도 무척 맛있다. 다음에는 직접 가서 사 먹어봐야지."

🍴

대전에서 이곳으로 이사한 지도 이제 두 달이 된다. 일요일에 늦잠을 자고 일어났더니 남편이 외출 준비를 마치고 나를 기다리고 있었다. 그냥 깨워도 되는데 내가 일어날 때까지 기다렸다고 했다. 나와 남편의 차이점이다. 반대의 상황이라면 나는 자는 남편을 깨워서 준비를 시킨다. 남편이 나를 보며 말했다.

"꽈배기 사러 가자. 직접 가서 먹어보고 싶다고 했잖아. 집에서 안 멀어."

내가 지나가는 식으로 했던 말을 다 기억하는 남편이 신기했다. 내가 일어나자마자 씻고 옷을 갈아입으니 아이들도 외출 준비를 한다. 덕분에 일요일 아침에 나들이 가는 기분으로 집을 나섰다. 꽈배기를 사기 위해 고속도로를 타니 절로 웃음이 났다.

다른 코너에 비해 꽈배기 코너만 유독 줄이 길다. 꽈배기는 주문이 들어오면 바로 튀겨서 설탕을 묻혀준다. 우리처럼 일부러 찾아온 사람들도 있고, 지나가다 들른 사람도 있는 것 같았다. 아직도 인기가 대단했다. 방송 장면들이 사진으로 여기저기에 붙어있었다. 나는 커피를 사고 남편은 꽈배기 줄에서 기다렸다. 한쪽에서 커피를 마시고 있으니 남편이 테이블 위에 꽈배기 봉투를 올려놓았다.

한입 베어 무니 웃음이 났다. 이게 뭐라고 온 가족이 함께 왔는지. 두 달 전에 처음 먹었을 때도 식었지만 쫄깃했다. 딱딱하거나 뻣뻣하지 않아서 맛있게 먹었다. 아이들은 처음 먹었을 때보다 바로 튀겨서 먹는 오늘이 더 맛있단다. 나도 지난번보다 훨씬 더 부드럽고 쫄깃해서 좋았다.

하늘이 푸르다. 집으로 그냥 돌아가기에는 아까운 날이다. 차를 타고 가다가 산책하기 좋은 수변공원을 발견했다. 공사가 막 끝나서인지 깨끗했다. 공원 옆으로 탁 트인 저수지를 보니 가슴이 뚫리는 것 같았다. 이사한 지 얼마 되지 않아 새로 만난 곳이라 설렌다. 그동안 아는 사람이 한 명도 없어서 집에만 있던 터라 조금은 답답했다. 신혼 시절에 낯선 곳에서 임신한 나와 강아지 둘이서 집에만 있던 날이 머릿속을 스친다. 이제 나는 혼자 있어도 바쁘게 지낸다. 책을 읽고 글을 쓰며 온라인으로 배우고 싶은 것들을 신청해서 배운다.

결혼하고 남편을 따라서 시흥, 서산, 대전, 진천 순으로 계속 이사를 다녔다. 함께라면 어디든지 행복할 거라는 믿음만으로 스물다섯 살에 결혼했다. 남편은 나를 많이 좋아한다고 했지만, 사실 내가 더 많이 좋아했다. 그래도 사랑받는 느낌 덕분에 늘 행복하다.

남편은 처음 만났을 때부터 결혼 십오 년 차인 지금까지 한결같다. 비록 처음처럼 설레지는 않지만 우리는 지금도 사랑하며 달콤하게 산다. 오늘처럼 기분 좋은 하루를 앞으로도 함께하고 싶다. 나를 다정하게 바라봐주는 남편이 내 곁에 있어서 좋다. 나를 보며 미소 짓는 남편이 좋다. 참 좋다.

"어렸을 때 엄마가 만들어주셨던 도넛이랑 꽈배기가 생각나. 도넛을 만드시다가 나중에 그 반죽으로 꽈배기도 만들어주셨어. 지금은 대부분 찹쌀 꽈배기를 파는데, 맛은 그때보다 부드럽고 쫀득하지만 가끔은 추억의 맛이 생각나서 아쉬워. 그런데 형은 옛날에 먹었던 꽈배기가 퍽퍽해서 맛이 없었대."

나를 보며 미소 짓는 남편이 좋다.

참 좋다.

| 커피

서로 닮아가는 우리의 맛

언제부터 아메리카노를 마시게 되었을까? 나의 첫 커피는 일명 다방 커피였다. 어렸을 때 부모님이 종종 타 드시던 2:2:2로 이루어진 황금 비율의 커피다. 엄마는 가끔 커피 숟가락으로 살짝 커피 맛을 보여주면서 이렇게 말씀하셨다.

"커피 마시면 머리가 나빠져서 공부도 못 하고 밤에 잠도 못 잔다."

"엄마는?" 하고 물어보면 "어른은 괜찮아."라고 답하셨다. 그래서 나는 어른이 되면 커피를 많이 마시겠다고 다짐했다.

어른이 된 나는 정말로 커피를 좋아한다. 게다가 사람마다 다르겠지만, 나는 밤 10~11시에 커피를 마셔도 잠을 잘 잔다. 어쩌면 커피 중독일지도 모른다.

믹스 커피는 마실수록 살이 찌고 건강에 해롭다고 한다. 그래도 맛있는 커피를 포기하기 어렵다. 밖에 나가면 아메리카노를 사 마시고 집에서는 믹스 커피를 가끔 한 잔씩 마신다. 그렇게 커피를 사랑하면서 살고 있다.

요즘은 집마다 커피 머신도 많이 있고, 인스턴트커피도 맛있는 제품이 잘 나왔다. 우리 아이들이 어렸던 십 년 전에는 커피 종류가 지금처럼 다양하지 않았다. 그때는 커피숍에서 커피 한 잔 마시는 게 짧은 외출이었다.

아이들은 어렸을 때 카페 나들이를 가면 소풍이라도 나온 것처럼 아빠와 놀이 시간을 즐겼다. 남편은 카페 모카의 생크림 부분을 아이 입에 떠먹여주고 본인은 식은 커피를 마셨다. 남편 덕분에 나는 오롯이 혼자 커피를 마시며 나만의 시간을 즐길 수 있었다.

아이들이 자란 이후로 남편이 항상 동행해야 했던 외출

은 끝났다. 이제 우리 집에는 믹스 커피도 있고, 커피 메이커로 내려서 마시는 원두커피도 있다. 게다가 캡슐 커피 머신도 구매해서 집에서 취향에 맞는 캡슐 커피를 골라서 마신다. 또 마음만 먹으면 언제든지 카페에 가서 원하는 커피를 마실 수 있다.

남편은 믹스 커피 마니아라 옆에서 지켜보면 하루에 커피를 네다섯 잔 이상 마신다. 커피가 그렇게 좋으면 믹스 커피보다는 아메리카노를 마셔보라고 권하지만, 굳이 믹스 커피를 고집한다. 아메리카노는 그저 쓴 물 같다고 싫어한다. 자꾸 권하면 오히려 나보고 이 쓴 걸 왜 마시냐고 되묻는다. 반대로 나는 남편이 믹스 커피만 마시는 걸 이해하기 어려워 가끔 이렇게 묻곤 했다.

"그럼 당신은 왜 믹스 커피를 좋아해?"

남편과 나는 사소한 커피 취향부터 부부관계에 관한 견해까지 모든 게 다르다. 그래서 결혼 초반에는 부부 싸움도 잦았고 한때는 이혼을 꿈꾸기도 했다. 다른 부부들도 비슷하지 않았을까? 그러나 이제는 서로 이해하며 살아간다.

오늘은 둘째 아이의 열한 번째 생일이다. 어느 날 친구를 따라서 점집에 갔는데 무당이 둘째 아이는 무조건 아들이니 꼭 낳으라고 권했다. 아들이 좋다기보다는 아이가 집에 좋은 기운을 가져다준다는 말에 남편을 구슬려서 아이를 한 명 더 낳았다. 그렇게 우리 집에 복덩이가 들어왔다.

우리 부부는 원래 아이들을 별로 좋아하지 않았다. 그런데 아이가 태어나자 자기중심적으로만 세상을 바라보던 우리의 가치관에 아이들이 들어와 비로소 균형이 잡히고 시야도 전보다 훨씬 넓어졌다.

우리는 연인이자 부부로 함께 이십 년의 세월을 보냈다. 강산이 두 번 바뀌는 세월이다. 그 오랜 시간 속에서 알지 못하는 사이에 서로 각자에게 스며들었다. 서로를 위로하면서 우리는 닮아갔다.

오늘은 아침에 눈을 뜨고 나서 남편과 함께 믹스 커피를 마셨다. 쌉쌀한 아메리카노보다 달콤한 커피가 자꾸 생각나는 요즘이다.

늦은 밤에도 한 잔을 더 마신다. '하루에 두 잔은 많은데, 그래도 두 잔까지는 괜찮겠지?'라고 생각하며 커피를 타서 창밖을 보며 혼자 마신다. 달콤한 믹스 커피의 맛에 기분이 좋아진다.

커피 한 잔에 많은 생각이 드는 밤이다. 오늘은 쉽게 잠을 이루지 못할 것 같다. 아들의 생일이 이렇게 지나간다.

딸

"그냥 엄마랑 수다 떨 때나 카페인을 듬뿍 충전해서 잠기운을 물리치고 싶을 때 마시는 편이야. 원래는 바닐라 라테를 좋아했는데 지금은 커피에 코코아를 넣은 카페 모카가 좋아. 그리고 밥 먹는 것보다 커피와 디저트 먹는 게 더 좋아!"

| 감자탕

작은 행복이 하나씩
쌓이는 결혼의 맛

"요즘은 왜 게임 안 해?"

"나 한번 시작하면 금세 빠져드는 거 알지? 게임에 손대면 일은 안 하고 게임만 할 것 같아서 안 해."

남편은 한때 <리니지>라는 게임을 좋아했다. 게임을 즐기기 위해 신혼집에 컴퓨터 두 대를 놓고 게임방을 따로 만들 정도였다. 거의 십오 년이 다 된 일이긴 하지만, 게임에서 얻은 부수입으로 나에게 겨울 코트를 선물하기도 했다.

우리가 연애하던 시절, 남편은 피시방에 자주 다녔다. 특히 친한 형이 운영하던 피시방에 자주 다녔는데, 저녁 시간대 아르바이트생이 갑자기 펑크라도 내면 직접 대타로 아르바이트도 할 정도로 단골이었다.

나도 그 피시방에 가끔 갔다. 게임은 안 했지만, 오가며 남편의 지인들과 얼굴을 익혔다. 남편과 지인들은 그곳에서 늦은 시간까지 각자 게임을 즐기며 시간을 보냈기에 인사를 나누며 친해질 수 있었다.

피시방에 있으면 밤 11시에 항상 야식 배달이 왔다. 처음에는 가게를 봐주는 우리를 위해서 사장님(형)이 시켜주는 음식인 줄 알았다. 그러나 알고 봤더니 그 시간이 야식 타임이라 각출해서 음식을 시킨 거였다.

항상 늘 같았던 인원수에 어느 날부터 내가 추가되면서 기존에 먹던 감자탕(뼈다귀해장국)보다 더 큰 사이즈의 감자탕을 배달시켰다.

사람들이 감자탕을 권했을 때 처음에는 늦은 시간에 먹으면 속이 불편할 것 같아서 안 먹겠다고 했지만, 남편과 오래 사귀며 차츰 야식의 매력을 알게 되었다.

나는 남편과 처음 해본 것들이 많다. 밤 11시에 먹는 감자탕도 그중의 하나다. 당시 함께 따라오던 계란찜도 무척 맛있었다.

감자탕을 처음 마주했을 때의 추억도 있다. 남편과 내가 마주 보는 테이블 위에 뚝배기 두 개가 나란히 놓였다. 사장님이 테이블 위에 그릇을 내려주면서 "어서 숟가락을 넣으세요. 넘쳐, 넘쳐!"라고 말했다. 빠르게 숟가락을 넣으려고 했지만, 이미 늦었다!

국물이 보글보글 끓으며 그릇 위로 넘쳐났다. 넘쳐서 그릇을 타고 흘러내리는 해장국을 보자 지저분해 보여서 살짝 거부감이 들었다.

다들 해장국을 맛있게 먹는데 나 혼자서만 '어떻게 먹어야 하나?'라고 고민하며 뼈를 뜯는 둥 마는 둥 했다. 옆에서 내 표정을 살피던 남편이 "감자탕 싫어해?"라고 물었다.

"처음 먹어봐서 싫어하는 건지, 좋아하는 건지 모르겠어."

이십 대 초반이었던 나는 사방이 뚫린 곳에서 손으로 뼈를 잡고 쪽쪽 빨아먹는 게 조금 불편하고 창피했다. 맞은편에 있던 남편이 고기를 발라주었다. 발라준 고기를 간장 소스에 찍어 먹고 국과 밥을 따로 먹다가 결국 말아서 먹었다.

이게 나와 감자탕의 첫 만남이다. 얼큰하고 깔끔한 국물에 고기와 시래기, 깻잎까지 다 맛있었다.

우리 가족은 요즘도 감자탕을 자주 먹는다. 남편은 일주일에 한 번은 먹어야 한단다. 먹으면 먹을수록 나도 만들 수 있을 것 같은 맛이다.

요리하는 것을 좋아해서 그동안 이것저것 만들어 먹었다. 엄마에게 도움을 요청하면 '약간' '조금' '적당히' 등 두루뭉술한 표현을 많이 써서 한국말인데도 알아듣기 어려웠다. 그에 비해 네이버와 요리책은 어떤 요리도 만들 수 있을 것 같은 자신감을 가져다주었다. 나는 요리를 글로 배웠다.

물론 결혼 십오 년 차 주부가 된 지금은 엄마의 말을 찰떡같이 잘 알아듣는다. 어느 정도 음식을 만들다 보니 나만의 감이 생겼다. 이제는 감자탕도 직접 끓인다. 시간이 다소 오래 걸릴 뿐이지, 어렵지는 않다. 다만 그 시간을 돈으로 바꾸면 많이 비싼 음식이 된다. 그래도 불 앞에서 계속 서있어야 하는 것이 아니라 불 위에 올려두면 만들 수 있는 쉬운 음식이다. 즉, 냄비에 재료를 넣고 끓이기만 하면 된다. 몇 번의 도전 끝에 완성한 감자탕은 파는 것보다 맛있어서 우리 가족 모두가 만족했다.

한동안 그렇게 감자탕을 만들어서 먹다가 이사 후에 알게 된 집 근처 반찬 가게에서 식당에서 먹는 것만큼 맛있는 감자탕을 파는 것을 발견했다. 그래서 지금은 직접 만들기보다는 자주 사 먹는다.

이렇게 쉽게 사 먹을 수 있지만, 가끔은 내가 직접 만든다. 남편이 좋아하는 음식을 직접 만들어줄 수 있는 내가 좋다. 좋아하는 것을 함께하면서 느끼는 작은 행복이 결혼이다.

딸

"생각보다 맵지 않아. 시래기는 샤부샤부에 넣은 청경채 같은 느낌이라서 좋다. 그래도 살코기만 발라서 먹는 게 제일 맛있어. 나는 감자가 들어가서 감자탕인 줄 알았는데 돼지 등뼈를 '감자'라고 부른다고 해서 너무 신기했어."

좋아하는 것을 함께하면서 느끼는
작은 행복이 결혼이다.

| 파김치

아릿한 흰 부분은
어른의 맛

한동안 파가 아주 비싸서 '파테크'라는 말이 유행했다. 파테크는 집에서 화분이나 물컵에 파를 직접 키워서 먹는 것을 의미한다.

나도 대파 세 뿌리를 작은 화분에 심고 키워서 세 번 정도 잘라먹었다. 파값이 비싸도 이렇게 비쌌던 적이 없었다. 파김치를 먹고 싶어서 반찬 가게에서 샀는데 맛이 없었다. 작은 것 한 팩을 사서 먹다가 그냥 버렸다. 파가 워낙 비싸서 그냥 참고 먹으려고 했는데 버리기는 처음이었다.

마트에 갔더니 며칠 전보다 파가 많이 싸졌다. 깐 쪽파를 팔길래 파김치를 담그기로 했다. 파김치는 알싸한 맛으로 먹는다.

어렸을 때는 그 맛이 싫었다. 왜 맛있는지 몰랐다. 엄마가 파김치를 담그려고 매운 파를 매운 양념에 버무릴 때마다 '이렇게 매운 걸 왜 먹을까?'라며 이해하지 못했다. 그랬던 아이가 이제는 어른이 되어서 직접 파김치를 담근다.

반대로 남편은 파김치와 열무김치를 좋아한다. 그래서 나도 자주 먹다 보니 이제는 파김치가 좋아졌다. 같이 먹고 자며 한집에 살다 보니 서로 식성이 닮아간다. 아니, 어쩌면 내가 아저씨 입맛으로 변해버린 것 같다.

김치를 담글 때는 늘 긴장된다. '김치'라는 단어가 들어가면 만들기 어렵겠다는 생각이 먼저 든다. 나에게 김치란 엄마나 할머니가 만들어주는 음식이거나 무조건 사 먹는 음식이다. 시댁과 친정에서 받아오는 몇 안 되는 품목 중 하나이기도 하다. 지금도 대부분 사거나 받아와서 먹는다.

파김치를 담그는 요리 방송을 시청했다. 너무 간단했다. 파를 다듬는 데 시간이 조금 걸릴 뿐이고 요리법은 그저 무치기만 하는 수준이었다. 할 수 있다는 자신감이 생겼다. 블로그에 올라온 요리법을 열심히 찾아보고 이것저것 조합해서 나만의 파김치 요리법을 완성했다.

지금은 1시간 정도면 파김치 한 통을 뚝딱 담근다. 그간의 주부 경력이 무색하지 않다. 물론 글로 배운 요리는 실패도 잦기에 늘 노력해야 한다.

🍴

예전의 파김치는 주로 흰밥에 올려 먹던 반찬이었는데, 이제는 먹방에 자주 등장하는 인기 메뉴가 되었다. 방송 프로그램을 보면서 몰랐던 새로운 맛을 배웠다.

어느 날부터 사람들이 파김치와 짜파게티를 함께 먹으면 별미라며 소개하기 시작했다. 나도 짜파게티를 가끔 먹어봤지만, 파김치와 함께 먹은 적은 없었다. 호기심에 따라 해보니 정말 맛있었다. 누구의 아이디어인지는 모르겠지만 두 가지 맛이 조화롭게 섞여서 한층 더 깊은 풍미가 있었다.

이후에도 가수 비 씨가 어느 먹방 유튜버에게 파김치와 짜파게티를 먹는 모습이 맛있어 보인다며 응원하는 장면을 방송에서 또 보게 되었다. 파김치와 짜파게티는 내 생각보다 유명한 단짝 음식이었다.

파의 흰 부분은 어른의 맛이라는데, 나는 정말 어른이 되었을까? 이제는 흰 부분의 아릿한 맛을 생각하면 군침이 돈다.

가만히 생각해보면 어른이 되는 건 참 쉽다. 매운 파김치를 맛있게 먹는 것만으로도 어른이 되었다고 말해주니까. 진짜 어른이란 이런 걸까?

딸

> "김치는 다 싫어. 파는 그냥 먹어도 매운데 이걸 왜 김치로 담그는지 모르겠어."

| 시래기 된장 지짐

나이가 들수록
깊어지는 맛

남편이 갑자기 시래기 된장 지짐을 먹고 싶다고 한다. 새삼 남편의 나이가 실감 난다.

그간 회사 앞 식당에서 시래기 된장 지짐을 몇 번 먹어봤다. 멸치와 된장을 넣고 끓인 요리인데 맛이 괜찮았다. 통멸치만 아니면 더 맛있을 것 같았다. 시래기 이불을 덮은 통멸치는 아직 싫다.

요리법을 검색해보니 몇 가지 방식이 더 있었다. 남편에게 어떤 스타일로 만들어줄까 물었더니 의아해한다. 자기가 기억하는 맛은 된장이 들어간다고 했다. 설명을 들어보니 내가 먹어본 스타일과 비슷했다. 정확한 요리법을 알면 나도 만들 수 있을 것 같았다.

남편은 옆에서 시래기 된장 지짐 요리법을 검색하는 나를 보다가 "다른 방식은 뭔데?"라고 물었다. 인터넷을 보느라 대답을 안 했더니 내 옆으로 고개를 쭉 빼서 화면을 보고 자기 기억 속의 시래기 된장 지짐을 이야기했다.

"국물 없는 된장국 같은 느낌이야."

일단 도전해보기로 했다. 얼린 시래기를 냉동실에서 꺼내서 그대로 찬물에 담갔다. 처음에는 빨리 해동하는 방법을 몰라서 무작정 녹을 때까지 기다렸는데, 조금씩 요령이 생겼다. 물에 넣은 채로 손으로 문질러서 살살 풀어주면 바로 가닥가닥 풀어진다. 시간도 단축하고 훨씬 편하다.

그렇게 시래기 된장 지짐을 뚝딱 완성했다. 요리를 글로 배운 나답게 일단 접시에 담긴 모양은 그럴싸했다. 대부분 멸치와 같이 먹는다는 설명을 읽고 만든 요리다. 멸치는 육수용으로 사용하고 접시에는 시래기만 담아봤다. 나는 간을 잘 못 본다. 사실 정확하게 말하자면 나는 싱겁게 먹는 편이고 남편은 짜게 먹는 편이다.

"어렸을 때 집에서 먹던 나물이랑 비슷한데, 살짝 싱거운 것 같아."

일단 성공이다. 시어머니가 만들어주신 된장으로 만들었으니 맛이 비슷할 수밖에 없다. 풀무원에서 나온 육수 다시팩과 국산 콩으로 만든 시판용 된장도 넣어서 예전에 먹을 때보다는 살짝 더 깔끔한 맛이 날 터였다. 몰래 넣은 재료를 생각하니 웃음이 나왔다.

🍴

어린 시절에 먹던 음식이 생각나는 것을 보니 남편도 나이가 들었다. 한때는 나도 식당에서 이런 나물류나 젓갈류가 나오면 손이 잘 가지 않던 시절이 있었다. 그런 식당은 먹을 게 없다며 안 가겠다고 다짐했던 그 시절의 내가 생각난다.

그랬던 내가 지금은 일부러 나물 정식을 먹으러 가고, 보리밥집을 찾아가는 나이가 되었다. 시간이 흐르면서 변하는 내 모습이 신기하다. '이런 것이 나이가 든다는 것인가?'라고 생각해본다. 그래도 아직 젓갈은 어렵다. 비린 것이나 짠 것은 그냥 싫다.

***

내가 힘들고 외로워질 때
내 얘길 조금만 들어준다면
어느 날 갑자기 세월의 한복판에
덩그러니 혼자 있진 않겠죠

(생략)

우리 늙어가는 것이 아니라
조금씩 익어가는 겁니다

— 노사연, <바램>

이 노래의 울림이 느껴지는 것을 보면 나도 중년이다.
앞으로 우아하게 나이 들고 싶다.

남편

"시래기는 고기랑 같이 먹어야 맛있지. 딱히 시래기를 좋아하
는 건 아닌데, 감자탕에 들어있는 시래기는 맛있잖아."

| 꽃게

해피엔딩으로 끝나는
우리 가족의 맛

네이버에서 몇 년 전 오늘 찍은 사진이라며 아이들과 꽃게찜을 먹던 사진을 화면에 띄워주었다. 사진을 보다가 지금이 꽃게 철이라는 것을 알았다.

한때 꽃게가 제철이라면서 TV 방송을 연일 달구던 적이 있었다. 그런데 요새는 오히려 꽃게가 안 잡힌다는 뉴스가 종종 나온다. 남편에게 꽃게 뉴스를 이야기했더니 한 마디만 던지고 자기 할 일에 몰두한다.

"사람들이 다 잡아먹어서 부족하겠지."
"꽃게 먹으러 가자."

"지금 비싸대. 좀 전에 뉴스에 나왔잖아."

"검색 한번 해봐. 이 정도 가격이래. 우리는 늘 그 가격에 먹는 것 같은데? 한번 가보자!"

아들이 며칠 전부터 꽃게랑 킹크랩이 먹고 싶다고 이야기 했다. 아이가 자랄수록 먹고 싶은 것들이 매번 달라지고 규모가 커진다. 가족끼리 꽃게를 먹으면 언제부턴가 두 손으로 살을 발라서 아이의 수저 위에 올려주고 나는 게 다리를 쪽쪽 빨아먹는다. 나도 그렇게 엄마가 되어간다.

첫아이를 임신했을 때, 봄꽃 구경을 하다 말고 생뚱맞게 킹크랩이 먹고 싶어졌다. 나는 다른 임산부들처럼 입덧이 심한 편은 아니었다. 그래서인지 내 이야기를 들은 남편이 "먹어야지!"라고 하면서 바로 대천해수욕장으로 차를 몰았다.

당시 내가 살던 집은 충남 서산이었다. 횟집 거리에 들어서니 킹크랩을 파는 가게가 딱 한 곳 있었다. 얼른 들어갔는데 사장님이 오늘 킹크랩은 상태가 별로라고 하시며 꽃게를 권하셨다.

"지금은 꽃게 철이니 꽃게찜을 먹어봐요."

생선회나 조림을 먹고 싶지는 않았고 여기서 나가도 특별한 선택지가 없어서 추천하신 꽃게찜을 먹기로 했다. 식당에서 먹는 꽃게찜은 처음이었다. 집에서 먹으면 엄마나 할머니가 살을 발라주었다.

처음으로 집에서 게를 발라먹었을 때가 생각난다. 게 다리와 사투를 벌이는 사이에 엄마나 할머니가 나머지 살을 잘 발라 밥, 간장, 참기름을 더해서 게살 비빔밥을 만들어주시곤 했다. 나는 비린 해산물을 싫어하지만, 새우와 게는 좋아한다.

남편이 잘 손질해서 나온 게의 살을 발라주었다. 게딱지에 밥도 비벼주었다. 임신한 후로 그날이 제일 많이 먹었던 날이다. 막상 남편은 내 옆에서 살을 발라주느라 제대로 먹지도 못했다.

그 후로 태어난 우리 집 두 아이 모두 게, 새우 같은 갑각류를 좋아한다. 다른 곳으로 이사한 지금이었다면 강원도에 가서 킹크랩을 먹었을 것이다.

∮

이런저런 추억을 떠올리는 사이에 주문한 꽃게탕이 나왔

다. 미나리가 한가득 올려져 있고 단호박도 들어있다. 그래도 오늘의 주인공은 알이 꽉 찬 꽃게다. 국물이 얼큰하다. 남편은 혹시 두부가 들어있는지 냄비 안을 들춰본다. 집에서 내가 끓일 때는 두부를 넣고 끓여주다 보니 혹시나 해서 들춰보는 것 같았다.

아들은 남편이 손질해준 게살만 발라 먹고 딸은 국물과 밥을 함께 먹는다. 남편은 오늘도 게살을 바르느라 바쁘다. 이제 나는 예전처럼 발라달라고 말하고 마냥 기다리지 않는다. 내가 먹을 것은 알아서 챙기고 옆의 아이도 챙긴다.

엄청 맛있는 꽃게는 아니었지만, 살이 튼실한 꽃게를 먹을 수 있어서 만족스러웠다. 따라 나온 밑반찬을 보니 오이 반찬이 세 가지나 있었다. 아이들은 오이를 싫어하지만 나는 오이를 좋아한다. 먹어보라고 권했더니 아이들은 오이의 쿠쿠르비타신^{Cucurbitacin} 성분이 몸에 안 맞는 사람들이 있는데 자기들이 거기에 해당한다고 동시에 이야기한다. 내가 "그런 것도 외우고 다니니? 엉터리 정보겠지."라고 했더니 바로 검색해서 보여준다. 완전히 핑계는 아닌 것 같다. 엄마인 나도 모르는 것을 찾아낸 아이들이다. 이럴 때 보면 둘이 죽이 참 잘 맞는다.

언젠가는 이 모든 게 추억이 될 것이다. 네 명이서 보내는 행복한 이 시간이 다시 부부만의 시간으로 돌아갈 순간도 멀지 않았다. 지금은 한 가족인 우리지만, 앞으로 아이들도 각자의 삶을 살아갈 것이다.

나중에 아이들이 자라서 우리 부부 둘만 남았을 때 어색하지 않고 친하게 지낼 수 있도록 지금부터 조금씩 노력해야겠다. 서로를 존중하고 사랑하는 사이로 남고 싶다. 우리의 해피엔딩은 남편과 나 두 사람이 함께 만들어간다.

남편

> "게는 귀찮아서 잘 안 먹게 되더라. 일 년에 한 번 정도 킹크랩을 먹지. 그래서 아직 간장게장을 한 번도 안 먹어봤어. 밥도둑이라고 듣긴 했는데, 직접 살을 발라서 먹기는 귀찮더라."

서로를 존중하고 사랑하는 사이로 남고 싶다.
우리의 해피엔딩은 남편과 나 두 사람이 함께 만들어간다.

작가인 나

앞으로도 글을 쓰고 책을 출간하며 살아갈

나를 위한 맛 이야기.

| 굴

사회생활에서 배운
새로운 맛

나는 고향이 통영이지만 해산물을 즐겨 먹지 않는다. 생선도 잘 먹지 않는다. 물론 이제는 나이가 있으니 어느 정도 맛을 보기는 한다. 아직도 즐기지 않기는 마찬가지다. 비린 맛은 적응하기 어렵다.

직장생활을 하던 당시에는 대부분의 직원이 외근을 나가서 점심을 함께 먹는 직원은 나까지 총 세 명이었다. 나머지 두 사람은 특별히 가리는 것 없이 뭐든지 잘 먹는 편이었다. 반면에 나는 몇 가지를 가린다. 매일 점심시간마다 두부 가게, 굴 전문점, 칼국수 가게, 해장국 가게, 중식당 식으로 근처에 있는 식당을 순서대로 갔다. 가끔 맛집을 찾아가기도 했지만, 대부분 이 다섯 식당을 주로 갔다.

그때 굴 전문점에 종종 다닌 덕분에 해산물을 편식하던 내가 굴을 먹을 수 있게 되었다. 사회생활이라는 게 이렇게 대단하다. 직원 중 한 명이 굴 요리를 좋아했다. 점심값이 책정되어 있기는 했지만 법인 카드를 눈치 보지 않고 사용했다.

찬 바람이 부는 계절, 우리는 굴집에 자주 갔다. 굴은 가을과 겨울이 제철이다. 굴밥, 생굴, 굴전, 굴 순두부, 굴국밥 등 굴 전문점 메뉴의 주재료는 당연히 굴이다. 나는 서른 살이 넘어서 처음으로 굴을 먹어봤다.

우리는 굴국밥, 굴 순두부 등 한 그릇 메뉴들을 주로 먹었다. 나는 항상 빨간 굴 순두부를 시켰는데, 굴 순두부에는 순두부가 많이 들어가 있어서 굴을 먹는지 안 먹는지 알 수 없어서 좋았다. 게다가 순두부를 좋아해서 별 불만이 없었다. 나를 제외한 두 사람은 다른 굴 요리도 맛있게 잘 먹었다.

두부 가게에서도 순두부는 내 단골 메뉴였다. 직원들은 늘 순두부를 먹는 나를 보며 "순두부를 정말 좋아하나봐?"라고 말했다. 어떤 날은 일주일에 세 번이나 순두부를 먹기도 했다.

굴 전문점에 가서 굴전과 굴 보쌈을 시킨 날의 일이다. 나는 다른 직원들이 메뉴를 고르는 것을 지켜보고 있었다. 직원들은 주문한 생굴이 나오자 초고추장을 찍어서 맛있게 먹었다. 차마 생굴은 못 먹어도 익힌 굴은 먹을 수 있을 것 같았다. 곧이어 굴전이 나오자 작은 굴전을 하나 집어서 입에 넣는 용기를 내었다.

"저 굴 처음 먹어봐요."

두 사람 모두 내 이야기에 많이 놀라는 모습이었다. 나는 웃으며 얼버무리듯이 말했다.

"한 그릇 음식만 먹을 때는 안 먹었는데, 오늘은 한번 도전해봤어요."

내친김에 굴전을 양념간장에 찍어서 입에 넣었다. 파와 고추가 들어간 반죽이 굴을 감싸고 있다. 양념간장에 콕 찍어서 먹으니 굴의 맛이 별로 느껴지지 않았다. 그날부터 생굴은 못 먹어도 익힌 굴은 먹을 수 있게 되었다.

사실 처음부터 "저는 굴 못 먹어요."라고 말했더라도 아마 억지로 먹게 되었을 것이다. 우리나라는 좋은 것은 남들에게 권하는 것을 미덕으로 아는 문화가 있어서, 내가 우리 아이들을 달래는 것처럼 직원들도 나에게 "하나만 먹어봐. 한 번만 먹어봐."라면서 권했을 것이다.

나를 제외한 두 사람은 굴을 좋아했다. 가끔 밥을 먹는 다른 직원들도 좋아했다. 당시에는 사회생활을 하며 만나는 사람이 모두 다 굴을 좋아해서 나만 이상한 사람 같았다.

그때의 나는 모두가 "예."라고 하면 차마 "아니요."라고 하지 못했다. 그러나 지금의 나는 "저는 굴 안 좋아하니 저 빼고 드시고 오세요. 저는 혼자 먹어도 괜찮습니다."라고 할 수 있다. 그때보다는 조금 더 사회생활에 익숙해졌다.

직장생활 덕분에 굴을 먹게 된 나에게 굴은 자본주의를 상징하는 음식이다. 결혼하고 계속 집에만 있었다면 아직도 굴을 먹지 않았을 것이다. 사회생활을 하면 가기 싫은 곳도 가야 할 때가 있고, 하기 싫은 일이라도 해야 할 때가 있다. 직장인들은 모두 알 것이다. 회식하기 싫어도 회식하고, 좋아하지 않는 음식이지만 직장 상사와 주문을 통일하기 위해서 먹는다. 아직도 이런 문화가 여전히 우리 주변에 남아있다.

돌이켜보면 사회생활이 나도 모르는 내 입맛을 새롭게 만들어주었다. 몇 년의 세월이 지난 지금은 겨울이 되면 굴찜을 먹고 싶고 굴전이 생각난다. 어른이 되고 사회생활을 하면서 이제 나도 굴을 먹는다. 이와 더불어서 하기 싫은 것도 하나씩 해볼 용기가 생겼다. 새로운 일에도 도전하게 되었다.

앞으로도 또 다른 사회생활이 나를 기다릴 것이다.

아들

"굴은 그냥 맛있어. 작은 건 부드럽고 크면 조금 질겨지더라. 굴 껍데기를 보면 먹기 싫은데, 막상 먹어보면 맛있어. 껍데기도 신기해. 처음에는 집이 크면 알도 클 것 같았는데, 작은 껍데기에 있는 굴들이 크기가 더 크더라."

이제 나도 굴을 먹는다.

이와 더불어서 하기 싫은 것도 하나씩 해볼 용기가 생겼다.

새로운 일에도 도전하게 되었다.

앞으로도 또 다른 사회생활이 나를 기다릴 것이다.

| 양평해장국

온기로 친밀도를
더해주는 맛

나는 대학 전공과 상관없는 회사에 취업해서 9시에 출근하고 6시에 퇴근하는 평범한 회사원으로 살았다. 결혼해서 회사를 그만두고 이제 전업주부로 생활해볼까 고민하던 찰나에 남편의 새 사업이 사기를 당했다는 걸 알게 되었다.

당장 나도 다시 새 직장을 찾아야 했다. 그러나 아침마다 출근해서 같은 사람들과 같은 공간에서 온종일 있고 싶지는 않았다.

자유롭게 움직이며 할 수 있는 일을 찾다가 화장품 방문판매를 시작했다. 솔직히 내향적인 나에게는 어울리지 않는 직업이었다. 영업직을 할 때가 내 인생에서 가장 힘든 시기였다. 열심히 하기보다는 정해진 할당량만 채웠다. 화장품을 좋아한다는 단순한 이유로 시작했으니 실적은 보나 마나였다. 그래도 천상 사무직으로만 살던 나의 첫 도전이었다.

다행히 내가 다녔던 화장품 지사는 물건을 강매하지 않고 매달 일정 금액을 영업직에게 떠안기는 관행도 덜했다. 당시 나는 아이를 둘이나 가진 나이 서른 살이 넘은 엄마였다.

화장품 회사에 다니면서 몇 가지 음식을 배웠다. 처음에는 편식이 심한 내가 이걸 먹을 수 있을지 고민이 많았다. 어죽과 민물새우탕, 양평해장국 같은 음식들이다. 나는 비린 것과 내장류를 잘 못 먹는다. 제대로 하는 가게에서 먹으면 맛있을 거라고 직장 언니들이 용기를 주었다. 그래도 두려웠다.

직장 언니들이 어죽은 1시간 거리에 있는 맛집, 새우탕은 사무실 근처에 있고 아는 사람만 다닌다는 숨은 맛집으로 나를 데리고 갔다. 양평해장국은 사무실 바로 앞에 있는 가게에서 먹었다. 브런치 카페에 다닐 듯한 사람들인데 해장국 가게라니. 이윽고 나도 이런 분위기에 자연스럽게 동화되었다. 언니들의 권유에 못 이기는 척 한술을 뜨고 나서부터 양평해장국을 먹기 시작했다. 다들 워낙 맛있게 먹는 모습을 보니 그 밥상의 분위기를 깨고 싶지 않았다.

그런데 막상 먹어보니 그동안의 거부감이 사라졌다. 음식은 누구와 먹는지도 중요하다는 것을 그때 깨달았다. 직장 언니들이랑 먹다 보니 양평해장국을 파스타를 먹는 것처럼 맛있고 우아하게 먹게 되었다.

아무 연고도 없는 상태에서 화장품 영업을 하는 것은 쉬운 일이 아니다. 처음에는 아는 사람이 없으니 내가 무엇을 팔아도 부끄럽거나 민망하지 않았다. 하지만 개척 고객을 만드는 데는 한계가 있었다. 결국 가족과 주변 사람들에게도 물건을 판매하게 되었다. 과연 세상은 내 마음대로 할 수 있거나 만만한 곳이 아니었다.

어느 날 어떤 고객이 물건을 사면서 나에게 영업이 어울리지 않는 것 같다고 말해주었다. 우연히 알게 된 동네 엄마였는데, 원래 하던 일을 다시 하는 게 어떻겠냐고 충고했다. 사실 나도 그때쯤 이 방황을 접고 다시 원래의 나로 돌아가야겠다고 생각하던 차였다.

🍴

돈을 벌어야 하는 시기에 나는 시간도, 돈도 그냥 흘려보냈다. 그러면서도 나만 힘들다고 불평했다. 남편의 실패와 주변 사람들의 행동에 불만만 표현하느라 어울리지도 않는 일을 좋아한다는 핑계를 대며 억지로 하고 있었다.

그러나 남편은 이런 어려운 상황에서도 열심히 일하며 나를 보듬었다. 나중에 돌아보니 남편이 자기 일을 묵묵하게 하면서도 나를 챙겨주었다는 걸 깨달았다. 당시 내 행동이 바보 같은 행동이었다는 걸 이제는 안다. 다시 시간을 돌릴 수 있다면 남편처럼 악착같이 살아낼 것이다.

"친해지고 싶으면 같이 밥을 먹어라."라는 말이 있다. 작지만 간단한 이 행동이 사람 사이에 온기를 만들어준다. 그 시절의 나는 직장 언니들과 하루빨리 친해지고 싶었다. 낯설고 어려운 환경에서 혼자 겉돌고 싶지 않았다. 뭐라도 빨리 배워서 영업이라는 세계를 더 알고 싶었다. 양평해장국은 나를 직장으로 자연스럽게 스며들게 해주었다.

남편

"해장국은 혼자서도 부담 없이 먹을 수 있어서 좋아. 보통은 점심이나 저녁 때 혼자 간단하게 먹을 수 있는 메뉴가 드물잖아."

| 흰쌀밥

역경 속에서도
나를 키워낸 맛

가볍게 옷을 차려입고 집을 나와서 차에 탔다. 내비게이션에 대전지방법원 주소를 입력했다. 손에 든 종이를 들여다보며 지난밤에 검색했던 소송 관련 내용을 머릿속에서 다시 한번 차분하게 정리했다.

평일 오전의 도로는 한적했다. 반대로 법원에는 사람들이 많았다. 살면서 법원에 갈 일은 절대로 없을 거라고 생각했는데, 벌써 몇 번이나 법원에 방문했다.

어느 날 남편의 새 사업이 사기에 휘말렸다는 사실을 알았다. 지금이야 눈에 뻔히 보이는 사기 수법이지만, 당시에는 그게 사기라는 걸 알기 어려웠다. 사기인 줄 모르고 하루라도 빨리 새 사업을 시작하고자 부단히도 노력했다. 그 과정에서 조금만 더 신경을 곤두세웠다면 과연 결과가 달라졌을까?

법원 무료 상담 창구의 번호표 기계 앞에서 대기용 번호표를 뽑았다. 곧 내 차례가 되어 나이가 많으신 변호사님을 만났다. 그분은 의욕보다는 본인에게 주어진 업무를 빨리 처리하고 싶어 하시는 듯했다. 내가 먼저 여러 가지를 알아보고 가서 다행이라고 생각했다. 아무것도 모르는 상태에서 상담부터 했으면 상당히 난감한 상황에 처했을 것이다. 변호사님은 내 이야기와 내가 알아본 정보를 듣더니 간단하게 상담을 끝냈다.

"준비하신 대로 하시면 되겠네요."

짧은 상담이 끝나고 곧바로 서류를 접수했다.
며칠 뒤에 무료 법률 상담을 한 번 더 받으려 하자 남편이 나를 말렸다.

"그냥 받지 말자. 지난번 같은 변호사면 시간 낭비야."
"그래도 우리에게는 한마디라도 도움이 될지 몰라."

다시 번호표를 뽑고 대기실에 앉았다. 내 순번이 되어 상담이 시작되었다. 지난번에 만났던 변호사님과는 달리 이번 변호사님은 좀 더 적극적인 분이셨다. 그분에게 검색을 통해서 얻은 정보만으로는 이해하기 어려웠던 것과 모호한 것, 몇 가지 궁금했던 것들을 물어봤다. 그렇게 처음과는 확연하게 다른 분위기에서 상담을 받고 마지막에 변호사님 명함을 받으며 상담을 끝냈다.

재판은 승소 판결문만 내 손에 남긴 채로 끝났다. 결과는 승소였지만 만족스럽지 못한 마무리였다. 민사 사건이라 판결을 받아도 피해액을 돌려받지 못했다. 즉, 법원에서 피고에게 지급 판결을 내렸다 해도 당사자가 돈이 없다고 버티면 받아낼 방법이 없었다. 그저 지연 이자만 계속 늘어날 뿐이다.

이런 점을 잘 아는 대부분의 사기꾼은 본인 소유의 재산을 아무것도 없는 상태로 만들어놓는다고 한다. 나중에 알아보니 상대방은 돈을 내는 대신 징역형을 살았다고 했다. 안산의 어느 지하철역에서 우연히 불심검문에 걸렸다고 전해 들었다. 그사이에 수배 중이었나 보다. 그는 초범이 아닌 상습범이다. 같은 종류의 피해를 입은 사람이 우리 부부 말고도 여럿이었다. 본인은 벌을 받았다고 생각하겠지만, 피해자인 우리에게는 아무것도 남지 않았다.

그렇게 우리 부부는 지루한 싸움에서 승리했다. 하지만 남는 것이 없는 속 빈 결과라 힘이 빠졌다.

사람들은 힘든 일이 있거나 몸이 아프면 밥을 안 먹는다. 나도 그랬다. 그런 나를 보던 남편이 말했다.

"밥을 안 먹으니까 아프지. 이것만 먼저 먹자!"

그냥 먹으라고 해서 내 앞에 차려진 한 그릇을 다 먹었을 뿐인데, 신기하게도 기운이 났다.

'그래. 먹고 힘내자.'

아픈 기억을 전부 잊지는 못한다 해도 앞으로도 우울하게 보내고 싶지는 않았다. 흰쌀밥을 물에 말아 꾸역꾸역 먹었다. 그랬더니 신기하게도 기운이 났다.

나도, 남편도 흰쌀밥으로 기운을 내고 각자의 자리에서 다시 아무렇지 않은 척하며 산다. 우리는 그렇게 조금씩 단단해졌다.

딸

"흰쌀밥은 그냥 기본 중의 기본 음식이야. 웬만하면 다른 음식과 다 어울려서 좋아. 그렇지만 사실 아침 식사로는 밥보다 빵이나 시리얼이 더 좋더라. 예전에 병원에 입원했을 때는 반찬이 맛없어서 그냥 맨밥만 먹은 적도 있어. 계속 씹으면 달거든. 또 비록 전기밥솥의 버튼만 누르기만 했어도, 흰쌀밥은 내가 제일 처음으로 만들어본 음식이야."

| 삼겹살

오늘의 나를
위로하는 맛

삼겹살을 즐겨 먹지는 않았다. 그런데 남편이 워낙 좋아하다 보니 자연스럽게 나도 자주 먹게 되었다. 나는 언제부터 삼겹살을 좋아했을까? 연애하는 기간 동안 먹은 삼겹살이 내가 자라면서 먹은 고기보다 많다.

넓은 팬 위에 삼겹살, 두부, 김치, 버섯, 양파 등을 지글지글 소리가 나도록 굽는다. 노릇노릇하게 구운 고기 한 점을 상추 위에 올려 쌈장, 구운 김치, 파무침과 함께 싸서 입에 넣는다. 여기에 차가운 소주를 한 잔 곁들이면⋯ "아흐! 최고다!"라는 소리가 절로 나온다.

게다가 고기를 다 먹고 마지막에 볶아서 먹는 밥도 특별하진 않지만 언제나 맛있다. 삼겹살과 소주, 어렸을 때는 몰랐던 어른의 맛이다.

주부로 살며, 직장인으로 살며 유독 바쁘게 지나가는 날이 있다. 출근하는 순간부터 퇴근까지 시간이 어떻게 가는지도 모르게 하루를 보낸 날이면 우리 집 저녁 메뉴는 삼겹살로 정해진다.

삼겹살을 구우면 특별한 요리 실력이 없어도 풍족하게 저녁 식사를 해결할 수 있어서 좋다. 특히 가족끼리 삼겹살을 먹을 때면 특별한 순간을 즐기는 듯한 느낌이 든다.

매번 지방이 많은 부위라 '다음에는 다른 부위를 먹어야지.'라고 생각하면서도 늘 다시 삼겹살로 돌아가는 나를 본다. 소주, 맥주와 함께 참 많이도 먹었다. 삼겹살 가게를 차렸어도 될 정도다.

스트레스를 받거나 일이 바쁘면 저녁에 고기를 먹어야겠다는 생각이 든다. 남의 살로 활기를 채울 수 있을까? 삼겹살로 스트레스를 풀고 내일 다시 즐겁게 출근할 수 있을까? 단순히 고기가 먹고 싶었나? 아니다. 그보다는 지친 나를 위로하고 토닥여주고 싶었다.

삼겹살로 오늘 하루 바빴던 나를 위로한다. 시간을 들여서 준비하지 않아도 고기를 굽는 것만으로도 오늘 저녁 밥상은 최선을 다했다고 느낄 수 있다. 나는 아이들에게는 좋은 엄마, 남편에게는 좋은 아내, 회사에서는 좋은 사람이고자 항상 노력한다. 그렇게 좋은 사람이 되려고 노력하다가 지치는 날도 가끔 있다.

음식이 나를 위로해준다. 그 메뉴가 삼겹살이라 조금 창피할 때도 있다. 남들처럼 고상한 음식을 찾아볼까? 그래도 나는 그냥 삼겹살이 좋다. 지금보다 나이가 들어도 당분간은 삼겹살에 의지할 것이다. 나란 사람은 단순하고 간결하다. 꾸미거나 숨기지 못하는 성격이다. 일부러 애써서 다른 것을 찾지 않고 있는 그대로의 나에게 집중해야겠다.

🍴

이제 우리 부부는 예전처럼 술을 즐기지 않는다. 자연스럽게 소주와 삼겹살이 밥상 위에 오르는 날도 많이 줄었다. 어느 순간부터 금주하는 남편을 보면서 나도 자연스럽게 술을 안 마시게 되었다. 맥주를 한 잔 정도는 마시지만, 혼자 마시면 맛이 없다. 술맛도 분위기를 따른다.

어려운 일이 있을 때 마시는 술은 일을 해결해주지 못하고 몸만 축낸다. 예전에는 나도 힘든 일이 있을 때마다 술에 취해서 잠들었다가 다음 날 아침이면 후회하며 출근했다. 그러나 술을 마셔서 해결될 일이라면 술이 없어도 다 해결되는 일이라는 걸 이제는 안다. 술이 없이도 고기는 맛있고, 남편과 아이와 도란도란 이야기를 나누는 재미가 있다.

이번 주말에는 삼겹살을 구워볼까 싶다.

남편

"삼겹살은 자주 먹어도 맛있어. 어렸을 때 아버지가 구워주시던 삼겹살 맛은 아직도 잊을 수가 없어. 깻잎에 삼겹살만 싸 먹었는데, 그 맛을 찾으려고 해도 찾을 수가 없어서 아쉽네. 나는 그때 먹었던 삼겹살이 제일 맛있었던 것 같아.
그리고 자기 일할 때 우리 삼겹살 많이 먹었잖아. 자기가 퇴근할 때쯤에 나한테 전화해서 '오늘 저녁은 삼겹살 어때?'라고 물으면 '오늘 바빠서 밥을 하기 싫은가 보구나.'라고 생각했어."

일부러 애써서 다른 것을 찾지 않고
있는 그대로의 나에게 집중해야겠다.

| 초밥

당연하다 생각했던 것들에
감사하게 되는 맛

"마그네슘 영양제 하나 주세요."

"병원에 한번 가보세요. 이거 마그네슘 부족 문제가 아닌
것 같아요. 중풍의 전조 증상일 수도 있어요. 꼭 큰 병원에 한
번 가봐요."

약국에서 이 말을 들었던 것을 계기로, 대학 병원 신경과
에 몇 년째 다닌다. 병원에서 안면경련 진단을 받고 지금까지
추적 관찰하는 중이다. 얼마 전부터는 보톡스 시술도 받는다.
신경과 담당 교수님은 파킨슨병과 뇌혈관질환, 안면경련 전
문이라 그분의 진료실 앞에는 대부분 나이 드신 분들이 많이

기다리신다. 그래서 젊은 여자가 대기실에 있으면 다들 힐끗거리며 쳐다본다.

첫 진료에서 교수님은 내 증상을 보고 안면경련을 확진하셨다.

"임상 경험으로 볼 때 안면경련이 맞아요. 그래도 더 정확하게 알려면 영상으로 확인해봐야 합니다."

MRI를 찍었다. 결과를 보니 혈관과 신경이 서로 눌려있었다. 다행히도 증상이 미미해서 수술하지는 않고 지켜보기로 했다.

"이 병은 수술로만 완치할 수 있습니다. 그래도 수술은 환자분께 부담스러우니 일단은 지켜보기로 하죠."

2014년도에 이 말을 들은 이후로 나의 길고 긴 투병 생활이 시작되었다.

처음 주사를 맞은 건 진단을 받고 나서 사 년 정도 지난 2018년 여름에서 가을로 넘어가는 시기였다. 다시 직장에 다니며 워킹맘 생활을 시작하니 전업주부로 있을 때보다 시간을 내기가 어려웠다. 게다가 일을 시작하니 숨어있던 증상들이 눈에 띄었다.

안면경련 증상이 나타난 이후로는 사람들과 눈을 보고 이야기하는 것 자체가 불편했다. 처음 보는 사람과는 말하기도 겁났다. 나는 조금이라도 긴장하면 얼굴에 먼저 드러난다. 상대방은 미처 알지 못한다 해도 나 스스로 불편해지는 이 병에서 빨리 벗어나고 싶었다. 생명에 지장을 주는 병은 아니었지만, 삶의 질을 낮추는 엄청난 고통이었다. 일그러진 얼굴과 안면의 떨림은 늘 불안과 초조한 감정을 안겨주었다. 결국 대인기피증과 우울증이 따라왔다. 이 고통은 겪어본 사람만 알 수 있다.

세월이 지나면서 병이 더 진행될수록 주사를 맞는 간격도 짧아졌다. 한번은 3개월 만에 병원을 재방문하기도 했다.
평생 병원에 다니며 살 수는 없었다. 주사를 평생 맞는다고 생각했더니 무섭게만 느껴졌던 뇌수술도 받을 수 있을 것 같았다. 대략 4~5개월에 한 번씩 보톡스 주사를 맞다가 결국 수술을 받기로 결심했다.

'자연스럽게 웃는 얼굴로 살고 싶다. 예전처럼 다시 건강해지고 싶다!'

간단한 수술이라고는 들었어도 뇌수술이라 고민이 많았다. 담당 교수님은 대전에 있는 병원에서는 수술이 불가능하다고 이야기하셨다. 서울에 있는 대학 병원에서 1월 19일에 입원해서 1월 28일에 퇴원하는 일정으로 수술을 예약했다.

🍴

2020년 1월 20일. 경희의료원 신경외과의 첫 수술 환자는 나였다. 아침에 눈을 뜨니 평소와 다름없는 하루였다. 한 가지 다른 점이 있다면 어제부터 금식하고 수술 대기용 침대 위에 누워있다는 점이었다.

가끔 팔에 닿는 침대 난간에서 싸늘한 냉기가 느껴졌다. 다른 사람들의 이야기를 들어보면 수술이 끝나면 몸이 춥다고 했는데, 나는 수술을 받기 전부터 추웠다. 담당 교수님은 한숨 자고 나면 수술이 끝나있을 거라며 나를 안심시켜주셨다.

4시간 후, 머리에 붕대를 감고 회복실에서 다시 일반 병실로 돌아왔다. 신기하게 눈이 떨리지 않았다. 수술 후 첫날은 소변줄을 꽂은 채로 온종일 침대 위에 누워있었다. 담당 교수님은 수술이 잘 끝났다고 말씀해주셨다.

머리와 목이 아팠다. 한참 동안 수영하다 뭍으로 방금 나온 사람처럼 귀가 멍했다. 수술받기 전에 이 수술의 부작용 중 하나로 귀의 신경을 잘못 건드려 청력을 잃을 수도 있다는 설명을 들었었기에 덜컥 겁이 났다. 불안해하는 나에게 담당 교수님은 모든 예후가 좋다며 귀의 문제는 일시적인 현상이라고 말씀하셨다.

둘째 날도 계속 누워있었다. 무의식적으로 거울을 한 번씩 봤다. 더 이상 얼굴 근육이 떨리지 않아서 신기했다. 그래도 저녁쯤 되자 정신을 차리고 병원 로비를 혼자서 걸을 수 있을 정도로 나아졌다.

셋째 날부터는 몸이 평소와 거의 다름없는 상태로 돌아왔다. 얼굴이 더 이상 떨리지 않았다. 피가 왼쪽으로 쏠리거나 얼굴이 굳는 느낌도 없었다.

몸이 회복되자 이제 살 만했다. 어제까지는 남편이 계속 물어봐도 입맛이 없었는데, 오늘은 먹고 싶은 것도 생겼다. 남편은 오늘도 살뜰하게 나를 챙기며 물었다.

"먹고 싶은 거 있어?"

"초밥 먹고 싶은데, 집에 가서 먹을래."

침대 위의 식탁을 정리하면서 대답했다. 병원 생활도 이제 조금 익숙해졌다.

남편은 좀 더 자라고 말하며 병실을 나갔다. 환자도 힘들지만, 간병하는 사람도 힘들긴 마찬가지다. 여러 생각을 하다가 까무룩 잠들었다. 남편과 나는 그렇게 따로 또 같이 오후를 보냈다. 자는 동안 자리를 비웠던 남편이 한 손에 쇼핑백을 들고 들어왔다.

"초밥이 원래 이렇게 비싼가? 영업 중인 초밥 가게를 찾으려고 주변을 계속 돌아다녔어. 오후 시간대는 전부 브레이크 타임이더라."

남편은 고맙게도 병원 근처의 초밥 가게를 찾아서 초밥을 사 왔다. 스마트폰을 손에 든 채로 지도를 보면서 회기동 주변을 배회하는 남편의 모습이 머릿속에 절로 떠올랐다. 맛집이라고 해서 시간을 들여서 어딘가를 찾아가는 것을 싫어하고 음식점 앞에서 줄을 서서 기다리는 것도 싫어하는 남편인데, 울컥 고마운 마음이 솟구쳤다.

저녁에도 어김없이 환자식이 나왔지만, 나는 초밥을 먹고 남편은 환자식을 먹었다. 연어 초밥, 광어 초밥, 새우 초밥 등 남편이 사다 준 초밥은 다 맛있었다. 익숙한 우동의 맛도 좋았다.

연어 초밥은 양파와 마요네즈 소스가 더해져서 느끼하지 않고 맛있었다. 묵은지가 올려진 광어 초밥도 있었다. 나는 쫀득한 광어에 묵은지를 올린 초밥을 좋아한다. 회를 잘 못 먹지만, 이 초밥은 생선의 비린 맛을 잡고 고소한 맛만 전해 주는 초밥이라 참 좋아한다. 연어와 광어를 좋아하는 내 취향에 딱 맞는 식사였다. 특히 이 초밥 가게의 초밥은 양도 많아서 남편과 둘이 나눠 먹었다. 병원이지만 오랜만에 오롯이 둘만의 시간을 보냈다.

수술 후 이 년 정도 지난 지금은 안면경련 증상이 재발하지 않고 잘 지낸다. 수술의 예후도 좋고 회복도 빨랐다. 그래도 가끔 책을 열심히 읽거나 노트북을 많이 사용한 날은 얼굴이 살짝 떨리는 것 같기도 하다.

내가 좋아하고 하고 싶어 하는 일들은 대부분 병원에서 하지 말라고 권하는 것들이다. 재발하지 않으려면 평소에 피곤하지 않도록 스스로 신경 쓰고 부정적인 마음보다는 긍정적인 마음가짐을 지녀야 한다. 이 병은 스트레스가 원인이라 자칫 잘못 관리하면 다른 부위에서 재발할 수도 있다.

특별한 삶이 아니어도 된다. 남들처럼 평범한 하루를 사는 것이 좋다. 수술 이후로는 당연하다 생각했던 것들에 감사하게 되었다.

딸

"초밥에는 고추냉이가 무조건 들어간다고 생각했는데, 실제로 먹어보니까 아니었어. 회랑 밥이 잘 어울려서 맛있더라. 초밥마다 맛이 다 다른 것도 신기해. 그런데 대부분의 초밥은 다 맛있는데, 계란 초밥은 달아서 싫더라. 저번에 엄마랑 둘이서 새로 오픈한 초밥 가게에 갔던 것 기억나? 거기 진짜 맛있었어."

시금치
베이컨 볶음

몰랐던 나를 발견하는 맛

내가 태어나서 처음으로 직접 끓여본 국은 시금치 된장국이다. 중학교 1학년 <가정> 수업 시간에 볶음밥과 시금치 된장국 만드는 법을 배웠다. 어렵지 않은 메뉴다.

볶음밥에 사용할 채소를 잘게 써는 아이, 시금치를 다듬는 아이, 조개를 씻는 아이 등 아이들은 각자 맡은 일에 열중했다. 나는 친구 한 명과 국을 끓였다. 된장을 푼 물에 조개를 넣고 한소끔 끓였다. 조개가 입을 벌리면 다듬은 시금치를 넣고 다진 마늘과 대파를 넣어 한 번 더 끓여서 그릇에 담아냈다. 다른 아이들이 만든 볶음밥도 밥그릇에 넣어서 모양을 잡고 넓은 접시에 옮겨 담았다. 우리가 맛을 보고 설거지까지 하는 걸로 수업이 끝났다.

두 아이의 엄마가 된 지금은 집에서 볶음밥을 만들 때 밥 그릇에 넣어서 모양을 예쁘게 잡은 뒤에 넓은 그릇에 담아주면 아이들이 좋아한다. 열네 살 때 배운 기술을 이십 년 넘게 잘 쓰고 있다. 어렵지 않으니 기억에도 오래 남아있다.

TV 요리 프로그램에서 시금치 베이컨 볶음을 만드는 것을 봤다. 생각보다 간단해서 나도 도전해보기로 했다. 특별한 재료가 들어가야 했다면 도전하지 않았을 것이다. TV 방송에서 소개한 모든 재료가 우리 집 냉장고에 있었다. 이렇게 나는 또 하나의 시금치 요리를 배웠다.

내가 만든 시금치 베이컨 볶음은 아이들도 잘 먹고 남편도 잘 먹는다. 남편은 살짝 중식 느낌도 난다고 말했다. 그냥 볶았을 뿐인데 반찬에서 요리가 되니 신기했다. 예전에는 시금치로 국과 무침, 김밥, 잡채 정도만 요리할 수 있었다.

요즘은 시금치만으로도 충분히 맛있는 요리를 만드는 요리법이 많다. 밥상 위에 무침으로 자주 오르는 시금치는 조연 격이지만, 조금만 다르게 요리하면 파스타나 피자 위에 올라가 당당하게 주연으로 활약할 수도 있다.

시금치는 꼭 나 같다. 나는 단순하게 무쳐 먹고 끓여서 국으로 먹는 시금치처럼 조연으로 살았다. 엄마라는 이름, 아내라는 이름으로 정해진 틀 안에서 살았다. 하고 싶은 일이 생겨도 "지금은 아이가 어리다." "무언가에 도전할 시간이 없다." "새로운 것은 내가 '잘 몰라서' '어려워서' '귀찮아서' '두려워서' 지금은 하기 어렵겠다."라며 수많은 핑계를 댔다. 내 가능성을 스스로 제한했다.

이제는 달라지고 싶다. 오늘부터라도 나를 조금씩 탐구해야겠다. 아직 늦지 않았다.

식탁 위에 올라가 있는 시금치 베이컨 볶음이 오늘따라 더 맛있어 보인다. 정갈하고 소박한 밥상이다. 거울 속의 내 모습을 한 번 더 꼼꼼하게 되살펴 보게 되는 하루다.

딸

"방송에서 나오길래 해달라고 한 건데 직접 먹어보니 무척 맛있어. 시금치 무침과는 확실히 다른 맛이야."

| 오므라이스   나를 도전하게 만드는 맛

제주도를 배경으로 방영하는 TV 예능 프로그램 <강식당>을 보던 아이들이 말했다.

"오므라이스 먹어보고 싶다."
"엄마가 가끔 해주잖아?"
"아닌데? 못 먹어봤어."
"너희 둘 다 엄마가 한 오므라이스도 먹어보고 식당에서도 먹어봤어."

아이들이 '언제 먹어봤나?'라는 표정으로 나를 바라본다.

웃으며 대답했다.

"저렇게 계란을 만드는 방식으로 못 먹어본 거야. 그런데 엄마는 앞으로도 저렇게는 못 만들어줄 것 같아."

말은 그렇게 했지만, 요리를 글로 배운 나라서 영상을 보면서 연습해보면 가능할 것 같기도 했다. 한동안 아이들은 회오리 계란옷을 입어야 진짜 오므라이스라고 했다. 계란 지단을 넓게 부쳐서 올리면 볶음밥이란다.

예전에는 오므라이스를 밖에서 사 먹을 때마다 '어쩌면 이렇게 예쁘게 계란옷을 입혔을까? 이런 모양은 어떻게 잡았을까?'라고 생각하며 신기해했다. 예쁘게 잡힌 모양을 깨뜨리기 아까워서 조심스럽게 먹었다.

그러다 주부가 되고 나서부터는 오므라이스를 사 먹는 게 아까워졌다. 볶음밥도 마찬가지다. 집에서 만들어 먹는 것보다 사 먹는 게 재료도 많이 들어가서 화려하고 맛있지만, 맛의 차이가 크지 않아 집에서 간단하게 만들어서 먹는 게 좋다. 물론 이렇게 생각하다가도 나도 아줌마가 다 되었다며 혼자 고개를 젓고 다시 맛있게 먹는다.

어른들과 식사하면 "여기 비싼 것 같아. 간단하게 먹자. 이건 집에서 만들어 먹어도 되는데."라고 하시는 경우들이 종 종 있다. 그럴 때면 "제가 계산할 테니 신경 쓰지 마시고 맛있게 드시면 돼요."라고 했는데, 이제 주부가 되니 나도 그렇게 변해간다. 혼자서 외벌이하는 남편을 생각하면 나도 그분들과 같은 마음이 된다.

전업주부로 지내면서 이런 감정을 더 자주 느낀다. 가정에 많이 기여하지는 못해도 수입 면에서 내가 돈을 벌 때와 남편에게 의지하며 사는 것은 다르다.

남편과 대화하면서 이런 내 생각을 털어놓았다. 내 이야기를 듣던 남편은 다른 집들도 우리와 비슷하게 산다고 이야기했다. 그리고 이런 말을 더 보탰다.

"나는 우리 가족에게 맛있는 거 먹이려고 일하는 거야. 나 혼자서 살면 이렇게 아등바등 바쁘게 살지는 않았을 거야. 애들도 있고 자기도 있으니 오늘도 힘내서 열심히 일하는 거지. 남들도 그렇지만, 우리 가족도 하고 싶은 걸 다는 못해도 한두 가지씩은 하면서 살잖아? 그러니까 괜히 나한테 미안해하고 눈치 볼 필요 없어. 내가 가장이잖아. 우리 네 식구 책임지고 사는 게 내가 맡은 역할이야. 그리고 자기가 집안일

이랑 아이들을 잘 챙기니 나는 다른 생각 없이 일에 전념할
수 있는 거야. 그것만으로 충분히 좋아!"

교과서 같은 말이지만, 내 고민을 해결해준 남편의 말이
었다. 그래도 남편이 혼자서 일하는 게 얼마나 힘들지 걱정이
된다. 나도 어떤 일이라도 좋으니 일을 시작해야겠다고 생각
했다. 약간의 생활비라도 벌었으면 좋겠다는 마음이었다. 아
니면 아이 학원비라도 내가 벌어서 부담해볼까 싶었다.
그렇게 생각하던 와중에 "그런데 그 일이 자기가 정말 하
고 싶은 일이야?"라는 남편의 한마디가 나에게 큰 울림을 주
었다.

🍴

나는 살면서 하고 싶은 일이나 꿈에 대해 집중해서 생각
해본 적이 없었다. 다만 예전부터 글을 쓰는 사람들을 동경
했다. 그 사람들과 비슷한 사람이 되고 싶었다. 그래서 글을
쓰고 사람들을 만나 소통하면서 지내고 싶다는 생각으로 글
쓰기를 시작했다.
이제 나는 내가 하고 싶은 일이 직업이 된다면 가장 행복

하다는 것을 알았다. 생각만 하던 일에 실제로 다가가는 것이 요즘 나의 일상이다. 빠르게 가진 못해도 계속 글을 쓰며 나아갈 것이다.

내 곁에는 매일 나를 응원해주는 남편이 있다. 앞으로도 남편의 응원에 힘입어 내가 쓴 글로 나를 만들어보기로 했다. 내 이야기로 책을 낼 것이다.

"내 책이야. 당신 덕분에 가능했어."

남편에게 이런 말을 건네며 책을 선물할 날이 얼마 남지 않았다.

아들

"볶음밥은 밥만 먹어도 맛있는데, 계란옷까지 올리면 더 예쁘고 먹을 때 기분도 좋아져!"

생각만 하던 일에 실제로 다가가는 것이 요즘 나의 일상이다.
빠르게 가진 못해도 계속 글을 쓰며 나아갈 것이다.

| 호두과자

일상의 소박한 행복이
담긴 맛

호두과자는 아들과 남편이 무척 좋아하는 음식이다. 그래서 남편은 집에 돌아올 때 호두과자를 자주 사 온다. 고속도로를 주로 이용하는 편이라 지금까지 여러 가게의 호두과자를 사 왔다.

반면에 나는 호두과자를 별로 좋아하지 않는다. 사실 그 속에 들어가는 팥앙금을 싫어한다고 표현하는 게 더 정확하다. 나는 팥을 싫어한다.

계속 사 오는 호두과자가 슬슬 지겨워질 때쯤, 남편이 사 오는 호두과자의 앙금이 하얀색으로 바뀌었다. 처음 보는 흰

앙금 호두과자였다. 우연히 점심을 먹으러 들어간 식당에서 팔길래 한번 사봤다고 했다. 국수와 호두과자를 함께 파는 가게란다. 가족들이 호두과자가 맛있다고 호들갑을 떨었더니 남편이 국수도 맛있는 가게라며 우리를 데리고 가주었다. 덕분에 나도 호두과자가 좋아졌다.

얼마 전에 이사한 집 근처에서 '튀김 소보로 호두과자'라는 호두과자 가게를 발견했다. 어디서 들어본 것 같은 익숙한 이름이다. 남편은 "성심당에서 파는 튀김 소보로랑 헷갈린 것 아니야?"라고 묻는다. 성심당의 튀김 소보로는 대전에서 유명한 빵이다. 내가 좋아하는 빵은 아니지만, 남편과 아들은 좋아한다.

새로 발견한 이 가게도 두 남자가 좋아할 것 같아서 쉬는 날에 온 가족이 함께 호두과자를 사러 가봤다. 집에서 30분 정도의 거리에 있는 가게에서 병천 순댓국을 먹고 디저트로 호두과자를 먹기로 했다.

아들은 호두과자를 먹어보더니 "맛있다!"라고 했다. 그 말을 듣고 나도 먹어보니 지금까지 먹은 호두과자 중에서 제일 맛있었다. 그날은 호두과자 하나로 우리 가족 모두가 행복해진 날이었다. 물론 남들이 보면 별일 아닌 소박한 일상의

한 장면일 것이다.

누구나 크고 멋진 꿈을 꾼다. 그러나 우리는 겉으로 보이는 사람의 모습이나 상황에 따라서 그 사람의 꿈의 크기를 함부로 재단하곤 한다. 그러나 실제로 자기 꿈을 이룬 사람이 과연 몇 명이나 될까? 한때 나는 평범한 일상을 사는 것도 힘에 부치고 어려웠다.

내 주변의 꿈을 이루고 사는 사람 중에서 가장 가까운 이가 바로 남편이다. 비록 남들 눈에는 작은 꿈처럼 보일지는 몰라도 남편은 꿈을 현실로 이루었다.

꿈을 이룬 사람은 달라 보인다. 나는 내 꿈을 찾기로 결정했을 때 가장 먼저 남편이 생각났다. 남편은 이제 남들과 비교하지 않고 본인의 생각대로 살아간다. 그랬더니 아프지도 않고 표정도 밝아졌다.

결혼 전에 남편은 작은 의류 가게를 창업하고 싶어 했다. 그러나 가정을 위해서 꿈은 그저 꿈으로 남겨두고 기술자로 살아왔다. 남편은 블루칼라로 소위 말하는 생산직 기술자였다. 몸을 움직이는 일이라 아파도 몸을 움직여서 일해야 했다. 결혼한 지 일 년도 지나지 않아서 발병한 병을 지금도 앓고 있다. 아직 완치가 없는 병이라 언제든지 재발할 수 있다.

남편의 또 다른 꿈은 바로 트럭 운전이다. 결혼 후 남편이 그 꿈에 도전할지 고민할 때 나는 남편을 열렬하게 지지했다. 생각보다 많은 초기 자본이 필요하고 다소 안정적이지 않은 생활을 하게 될 꿈이었지만, 그게 남편의 오랜 꿈이라는 걸 알았기에 응원했다.

계속 꿈만 꾸다가는 평생 꿈으로만 남을지도 몰라서 더 늦기 전에 실행하기로 했다. 당시는 남편이 지금보다 아팠던 상태라 빠르게 결정했다. 아픈 남편을 보면 나도 가슴이 아팠다.

그렇게 남편은 창업을 위해 회사를 퇴사하고 퇴직금과 전부터 모아둔 돈, 부모님이 빌려주신 돈을 합쳐서 화물 운송업을 시작했다. 조금만 더 신중했다면 좋았겠지만, 그때는 잘 몰랐다.

우리는 장밋빛 미래를 꿈꾸며 시작한 창업에서 사기를 당했다. 다시 생각해보면 첫 단추부터 잘못 끼운 일이었다. 그러나 그때는 사기라는 걸 알지 못했다. 남편도 드디어 본인의 꿈을 이룬다고 생각해서인지 그저 일이 빠르게 진행된다는 데 만족했다.

우리는 하고 싶은 꿈을 이루겠다는 생각뿐이라 너무 순진했다. 아무것도 모른 채로 사기꾼에게 당했다.

사기를 당한 이후로 집안의 경제 상황이 나빠져서 살던 집을 팔았다. 이사를 하고 법원을 찾아다녔다. 전혀 예상하지 못했던 현실이었다. 주위에서는 격려보다는 잘못된 선택이라고 다들 우리를 몰아치기만 해서 더욱더 정신이 없었다. 우리는 싸우고 화해하기를 반복하며 긴 터널을 헤쳐나갔다.

🍴

우여곡절 끝에 현재 남편은 창업한 지 구 년 차에 접어들었다. 운전을 시작한 후로는 단 한 번도 아픈 적이 없다. 나에게는 이미 이것만 해도 기적이다. 남편은 우리를 둘러싼 상황이 좋아지지 않았다 해도 본인이 꿈을 이룬 것에 만족하고 더 발전하려고 늘 노력한다. 첫 단추를 잘못 끼운 창업은 우리 가정을 파경으로 몰아갔지만, 우리 가족은 서로 의지하며 버텨냈다. 아이는 어렸고 우리는 젊었다.

남편은 꿈을 이룬 이후로 아내인 나도 꿈을 찾았으면 했다. 남편의 꿈을 전폭적으로 지지했던 유일한 사람이 나였다.

남편의 꿈을 이루는 과정에서 부부가 넘어지고 깨져도 버텨 냈으니 이제 나도 내 꿈을 찾는다. 남편이 나의 지지를 받으며 본인이 원하던 꿈을 이룬 것처럼, 나도 이제 꿈을 찾아서 한 걸음씩 나아간다.

나를 응원하는 사람은 단 한 사람이면 된다. 만약 응원해 주는 이가 없다면 나 스스로 나를 응원하면 된다.

아들

"휴게소에 가면 항상 호두과자가 생각나더라. 조금씩 씹히는 호두 알갱이랑 달콤한 앙금이 좋아. 그런데 요즘은 더 맛있는 간식도 많아서 예전보다는 먹고 싶다는 생각이 덜 나더라."

| 양배추즙

내가 나를 살피고
응원하는 맛

나는 평소에 신경성 위염을 주기적으로 앓는다. 며칠 전부터 특별하게 먹은 것도 없는데 배가 아팠다. 일단은 참고 버텼다. 너무 아파서 잘 때는 몸을 동그랗게 웅크리고 잤다.

"오늘은 꼭 병원에 가봐."

남편이 출근하고 아이들도 학교에 갔다. '곧 괜찮아지겠지…'라고 생각하며 버티고 버티다 더는 못 참겠어서 병원으로 향했다. 집 앞 내과 병원의 건강검진센터는 이미 환자들로 가득 차있었다. 9시에 진료를 시작할 거라 생각해서 8시 50분이면 빨리 왔다고 생각했는데 다른 환자들은 나보다 더 부지런했다. 진료 시간표를 보니 8시 30분부터 진료 시작이었다.

그간 몇 년 동안 건강검진을 받지 않았다. 진료를 접수하면서 위내시경 검사도 받을 수 있는지 물었다. 이 병원은 예약 없이 내시경 검사를 받을 수 있는 병원이다. 진료를 받고 났더니 내시경 검사실로 자리를 옮겨주었다.

"하나, 둘, 셋!"까지 셌는데 그다음부터는 기억이 없다. 30~40분 후에 깨서 다시 진료실로 들어갔다. 역류성 식도염이라는 진단을 받았다. 아직 잠기운이 완전히 가시지 않아서 처방을 받고 나서 병원을 나와 산책하듯 천천히 걸어서 집으로 돌아왔다.

위에 좋다는 양배추환이 집에 있다는 게 불현듯 기억나서 찾아보았다. 꺼내 보니 전부 개봉한 상태로 유통기한이 지나버렸다. 신경성 위염 때문에 집에 늘 양배추환을 사다 놓는다. 위 건강에 양배추가 좋다는 이야기를 들어서 사다 놓은 건데, 막상 냄새 때문에 먹기가 쉽지 않아서 항상 한 통도 제대로 다 먹지 못하고 버렸다.

다시 양배추환을 주문하려다가 이번에는 양배추즙을 사기로 했다. 지금은 평소보다 아프니 뭐라도 먹을 수 있을 것 같았다. 쿠팡에 들어가서 맨 위에 떠 있는 양배추즙을 배달 시켰다.

　다음 날 새벽에 문을 여니 우리 집 현관 앞에 양배추즙 이 놓여있었다. 양배추즙은 환보다 더 역겨웠다. 처음이라 그런 거라며 스스로에게 최면을 걸었다. 리뷰를 일일이 확인하고 여러 제품 중에서 그나마 먹기 편하다는 제품을 시켰는데 도 이 정도인데, 다른 제품들은 어떨까? 그래도 기왕에 주문한 거라 눈을 딱 감고 즙을 들이켰다. 양배추를 쌈이나 샐러드로 먹을 때와는 전혀 다른 냄새라 신기하면서도 이상했다.
　한 박스를 다 마셔갈 때쯤 되니 속이 한결 나아지고 양배추즙 냄새에도 익숙해졌다. 지금도 아침마다 한 포씩 꾸준하게 마시고 있다. 중간에 간혹 새로운 제품들도 시도했다. 그러다가 제품을 자꾸 바꾸면 더 냄새를 잘 느끼게 될 것 같아서 다시 처음에 먹던 제품으로 돌아왔다. 양배추즙과 약을 잘 챙겨 먹었더니 속이 쓰리거나 배가 아픈 일이 많이 줄었다.

🍴

　어느 날, 남편이 배가 아프다며 끙끙 앓았다. 급하게 달려간 병원에서 남편도 진료를 받았다. 결과는 나와 똑같았다.

"역류성 식도염 3단계네요. 엄청 아팠을 텐데 괜찮았어요?"
"그냥, 조금 아팠어요."

진료가 끝나고 남편은 울상을 지으며 말했다.

"역류성 식도염이라는 게 원래 이렇게 아파?"
"응. 나는 초기였는데도 엄청 아팠는데, 오빠는 어떻게 이 정도나 버텼어?"
"자기가 엄살이 심하거나 내가 좀 둔한가 봐!"
"오빠가 많이 둔하지."

남편에게 양배추즙을 한 잔 따라주며 마시라고 권했다. 한 컵을 마시더니 냄새가 역겹다고 난리다. 본인은 보기보다 비위가 약해서 너무 매스껍다며 몇 달째 마시는 내가 대단해 보인다고 한다. 남편은 나도 엄청나게 고생해서 이 맛에 겨우 적응했다는 사실을 잘 모를 것이다.

"양배추즙이 역하다고 아직도 엄살 부리는 거 보면 더 아

파야겠네. 그래도 내가 먹어본 바로는 환보다 즙이 더 먹기
좋아."

　남편은 며칠 동안 양배추즙을 마시는 듯하더니 이제는
안 마신다. 조금 살 만해졌나 보다. 아프면 냄새쯤은 참을 수
있다. 그래도 결과적으로 지금은 둘 다 식도염으로 고생하지
는 않으니 다행이다.
　나는 오늘도 양배추즙을 먹는다. 늘 다른 누군가가 옆에
서 챙겨주길 바라던 내가 이제는 스스로 건강을 챙긴다. 나
는 나를 매일 응원한다.
　연서야, 오늘도 파이팅!

남편

｜ "양배추즙은 비려서 못 먹겠어. 그냥 약을 열심히 먹을래!"

| 손만두

실패를 딛고 도전하는 맛

'크고 맛있는 만두를 만들어보자!'

남자친구와 연애하던 이십 대 시절의 어느 날 아침, 갑작스럽게 만두를 만들기로 결심했다. 무엇부터 해야 하나 고민하다가 일단 옷을 챙겨 입고 집을 나섰다. 당시 살던 동네는 주로 원룸이 모인 동네라 큰 마트나 시장이 없었다. 조금 더 범위를 넓혀서 찾아보려다가 포기하고 집 앞의 마트에서 간단하게 장을 봤다.

그런데 마트를 두 군데나 가봤는데도 다진 돼지고기가 없었다. 세 번째 마트에서도 허탕을 쳤다. 결국 카레용으로 나름 작게 썬 돼지고기와 두부, 부추 등의 기본 재료를 사서 집에 돌아왔다. 물론 만두피도 사 왔다. 집에 왔더니 벌써 정오가 가까운 시각이었다. 때마침 남자친구에게서 전화가 왔다.

"쉬는 날인데 뭐하고 있어?"
"만두 만들어서 요리하려고. 퇴근하면 우리 집으로 바로 와! 내가 깜짝 놀랄 정도로 맛있는 만두를 만들어줄 테니까!"
"그냥 밖에 나가서 사 먹자."
"왜? 벌써 장도 다 봤어. 그냥 빚기만 하면 돼. 나는 이제부터 좀 바쁠 것 같으니까 이따 만나서 이야기하자!"

전화를 끊고 채소를 손질하고 돼지고기를 다졌다. 초보 요리사라 인터넷에 나오는 수많은 요리법 중에서 비교적 간단한 요리법을 참고했다.
오늘의 주재료는 돼지고기다. 만두소로 쓰기 위해 칼로 직접 다져보니 생각보다 오래 걸렸다. 방송에서는 쉽게 준비하길래 나도 쉬울 거라고 생각했는데, 실제로 해보니 보통 일이 아니었다.

이십 대 아가씨가 사는 원룸이니 제대로 된 조리도구가

있을 리 없었다. 믹서기가 없어서 직접 일일이 칼로 다졌다. 그렇게 열심히 다지고 또 다져서 만두소를 만들었다.

모든 재료를 준비하고 만두를 하나씩 빚다 보니 생각보다 힘들고 시간도 오래 걸렸다. 이걸 왜 시작했는지 후회가 밀려왔다. 만두 모양도 마음에 들지 않았다.

"예쁜 딸은 못 낳겠네. 손재주가 없다."

혼자서 중얼거리면서 만두를 빚으니 쉬는 날이 순식간에 지나갔다. 얼른 뒷정리를 마치고 약속 시각에 맞춰서 만두를 쪘다. 하나 집어서 맛을 보니 나쁘지 않았다. 이 정도면 잘 만든 것 같았다. '만두도 별것 아니네!'라는 생각과 함께 맛있게 먹을 남자친구를 생각하니 설렜다.

드디어 남자친구가 집에 왔다. 기대하던 만두 시식 순간이다. 모양은 그럴싸했다. 그런데 한입 먹는 순간, '헉!' 하는 저 표정. 나는 저 표정을 본 적이 있다. 샌드위치를 베어 물던 그 표정이었다.

남자친구는 만두 안의 고기가 하나로 뭉쳐있다고 했다. 그토록 다지고 다졌는데 왜 덩어리가 되었을까? 분명히 고기만두를 만들었는데 결과는 육즙이 가득한 샤오룽바오小籠包가 되었다. 한입 베어 물면 육즙 같은 돼지기름이 주르륵 흘러내렸다. '정말로 요리에 소질이 없나?' 결국 찐만두를 다시 프라이팬에 굽고, 몇 개는 만둣국이 되었다.

정성 가득 손만두가 육즙 가득 고기만두로 둔갑해버린 건 집 근처를 벗어나기 싫어서 카레용 고기를 넣은 것부터 시작된 것 같았다. 쉬는 날 하루와 바꿔버린 내 만두의 결과가 이렇다니. 이때부터 나는 음식을 만들 때 재료를 꼼꼼하게 챙긴다.

🍴

그날 갑자기 왜 만두를 만들었는지는 아무리 생각해도 모르겠다. 만두를 좋아해서? TV 방송에서 만두를 빚는 장면이 나와서? 손만두를 먹고 싶었으면 남자친구 말대로 맛있는 집에 가서 사 먹을 걸 그랬다. 어쨌든 내 첫 손만두 도전기는 이렇게 끝났다.

오늘 만둣국을 끓이다가 이 에피소드가 생각났다. 나는 그날 이후로 다시는 만두를 빚지 않는다. 망한 만두를 같이 먹어준 그때의 남자친구는 지금의 남편이다. 남편은 웬만한 음식은 다 맛있다고 하면서 먹는 사람이지만, 그 만두는 정말이지 영 아니었다고 이야기한다. 세월이 흐른 만큼 이제는 웃으면서 이야기하지만, 속상하다.

만두는 맛있는 냉동 제품이 많다. 가족 수에 맞게 냉동 만두를 준비하고 냄비에 물과 함께 넣어서 끓인다. 그 위에 계란을 넉넉하게 풀어 넣는다. 소금과 후추로 적절하게 간을 한다. 대파까지 썰어 넣어도 대략 10분이면 만둣국을 뚝딱 완성할 수 있다. 짧은 시간에 에너지를 많이 쓰지 않고도 든든한 한 끼를 만들 수 있다.

이번 설날에는 아이와 내가 직접 만두를 빚었다. 아이는 내 만두와 자기 만두를 번갈아 보더니 "망했어. 미래의 아이에게 미안해지네."라고 했다. 가만히 듣다가 아이에게 내 첫 만두를 이야기해주었다. 그리고 이런 말을 덧붙였다.

"내 첫 만두도 이상했지만, 너처럼 예쁜 아이가 태어났으니 걱정하지 말고 열심히 빚어."

곱게 빚은 만두는 냉동실에 넣어두고 시어머님께도 나누

어 드렸다. 이번 만두는 성공이었다. 설날 떡국에는 나와 아이가 빚은 만두를 넣었다.

한때 도전을 좋아하던 순간이 있었다. 무엇을 하든 이룰 수 있다는 자신감도 있었다. 지금은 그런 열정이 많이 사라졌다. 크고 작은 실패들이 두렵다. 실패해도 훌훌 털고 일어나야 하는데, 그러지 못한다. 평안한 하루에 만족하게 되었다. 무슨 일이든 끝까지 도전하는 것보다 빠르게 포기하고 타협하는 법을 더 많이 배웠다. 대부분의 사람이 나와 비슷하지 않을까? 일을 시작하면 몇 번 해보고서는 쉽게 나랑 안 맞는다는 결론을 내린다. 결과가 곧바로 나타나지 않으면 조급해져서 포기하고 금세 또 다른 일을 찾는다.

이제부터는 무슨 일을 하든 전보다 조금 더 꾸준하게 해보고 싶다. 내가 가고 싶은 길이라면 빠르지는 않더라도 계속 앞으로 나아갈 것이다. 새롭게 해야 하는 일이 생긴다면 두려워하지 않고 도전할 것이다.

이 글도 마찬가지다. 끝까지 잘 마무리해서 좋은 책을 낼 것이다. 나는 계속 글을 쓰고 책을 출간하며 살고 싶다.

도전과 포기를 꾸준하게 반복하면서 늘 새로운 것을 찾을 것이다.

"만두는 없어서 못 먹지! 제일 맛있었던 만두는 육즙 가득 고기만두라고 하자. 자기가 예전에 만들어준 만두 말이야. 그 만두를 먹으면서 '이 여자, 정말 아무것도 못 하는구나! 앞으로 내가 챙겨야지.'라고 생각했지."

나는 계속 글을 쓰고 책을 출간하며 살고 싶다.
도전과 포기를 꾸준하게 반복하면서
늘 새로운 것을 찾을 것이다.

일상에서 가장 빛나는 순간은 바로 오늘이다

따뜻한 봄에 글을 쓰기 시작해서 겨울에도 놓지 못하고 결국 다시 봄을 맞이했다. 수술을 받은 후로 특별하게 할 일이 없어서 글을 쓰기 시작했다. 글을 쓰는 것은 나만의 오래된 작은 꿈이었다.

그냥 그렇게 매일 조금씩 쓰면서 혼자서만 만족하다가 내 이야기를 책으로 만들고 싶다는 생각이 들었다. 한 글자씩 모인 글이 어느덧 한 권의 책이 되었다.

어렸을 적에 선생님께 일기를 검사받던 순간이 생각난다. 이 책은 오래된 내 일기를 다 함께 읽는 것 같아서 부끄러우면서도 한편으로는 묘한 기분이 든다.

만약 수술을 받지 않았거나 코로나 팬데믹이 시작되지 않았다면 나는 그저 예전처럼 회사원으로 살았을 것이다. 작은 계기와 도전이 나를 새로운 곳으로 이끌어주었다.

지금 무언가를 시작해야 할지 고민하시는 분들이 계신다면 일단 무엇이라도 조심스럽게 시작해보길 권유한다. 사람마다 처한 상황이 다르고 선택은 각자의 몫이지만, 확실한 목표가 있는 사람은 오랜 시간이 걸려도 결국 원하던 목표를 향해 나아간다.

나와 남편도 그랬다. 서툴고 느렸지만, 목표를 정하고 나서는 앞으로 뚜벅뚜벅 걸어갔다. 뒤를 돌아보긴 했지만 나아갈 길을 잃지는 않았다.

어느 날 김미경 강사님의 강연을 듣다가 "과거를 살지 말고 미래를 살아야 한다. 예전에 못 했던 공부나 못 한 일보다 앞으로 해야 할 일을 찾고 현재를 살면서 미래를 준비해라."라는 말씀이 내 가슴 안으로 확 들어왔다. 온몸에 소름이 돋았다.

'나만 이런 게 아니구나! 다른 사람도 비슷한 거였어. 다들 비슷하게 사는구나!'

그때부터 조금 더 단단하고 견고한 나를 만들기로 결심했다. 그래서 글을 쓰기 시작했다. 글을 쓰면서 나를 돌아보고 상처를 다독일 수 있었다.

세상을 살다 보면 언제나 내가 제일 힘든 것처럼 느껴질 때가 있다. 내 인생은 내가 주인공이니까 당연히 그렇다. 그러나 반대로 생각해보면 앞으로의 내 인생은 내가 얼마든지 그려나갈 수 있다. 내가 나를 소중하게 대접할 때 비로소 내 인생은 가장 빛난다. 나는 그걸 참 늦게 깨달았다.

흔히 사람들이 우스갯소리로 "내 이야기를 책으로 쓰면 장편 소설은 될걸?"이라고 말할 때가 있다. 그러나 실제로 자기 이야기를 글로 쓰는 사람은 드물다. 나는 내 이야기를 쓰기로 했다. 이제 나는 나를 귀하게 대접하면서 책도 읽고 공부도 한다. 그동안 하고 싶었던 일도 한 가지씩 도전한다.

예전에는 늦은 나이에 작가가 될 거라고는 생각하지 못했다. 부모님도 "네가 무슨 글이냐?"라고 말씀하셨다. 그러나 조금 늦으면 어떤가? 모든 사람이 이제부터라도 나처럼 하고 싶은 일을 하나씩 시작했으면 좋겠다.

매일 글을 쓰다 보면 아이들이 "엄마, 작가님이 된 거야?"라고 묻곤 한다. 그럼 나는 "아직 작가는 아니고 글을 쓰는 사람이지만, 꾸준하게 쓰다 보면 엄마 책을 서점에서도 곧 볼 수 있을 거야."라고 대답한다.

이제는 진짜 글 쓰는 사람으로 살아보고 싶다. 아이들에게 나는 이미 작가가 된 만큼, 두 아이가 나를 보면서 자기만의 꿈을 펼치며 자랄 수 있으면 좋겠다는 생각을 오늘도 해본다.

당신의 일상은 무슨 맛인가요

초판 1쇄 발행 2022년 6월 15일

지은이 오연서
브랜드 온더페이지
출판 총괄 안대현
기획·책임편집 최승헌
편집 김효주, 정은솔, 이동현, 이제호
표지·본문디자인 김예은
일러스트 네마데이즈(nemadays)

발행인 김의현
발행처 사이다경제
출판등록 제2021-000224호(2021년 7월 8일)
주소 서울특별시 강남구 테헤란로 33길 13-3, 2층(역삼동)
홈페이지 cidermics.com
이메일 gyeongiloumbooks@gmail.com(출간 문의)
전화 02-2088-1804 **팩스** 02-2088-5813
종이 다올페이퍼 **인쇄** 천일문화사
ISBN 979-11-92445-00-7 (03810)